AF345519

DE LUXEMBOURG A POTO-POTO :

ITINERAIRE D'UN VOYAGE SANS RETOUR

CLARISSE N'GUIAMBO

DE LUXEMBOURG A POTO-POTO :

ITINERAIRE D'UN VOYAGE SANS RETOUR

De Luxembourg à Poto-Poto : itinéraire d'un voyage
sans retour

ISBN 978-2-9569249-0-6

A toutes les Daniella, d'hier, d'aujourd'hui et de demain

L'envol

Après de longues heures d'attente à l'aéroport de Roissy-Charles de Gaulle, nous embarquâmes dans l'avion. Déjà, des silhouettes hautement colorées, des messieurs aux costumes extravagants, adeptes de la SAPE[1], ou des mamans en boubou[2] avec le bébé sur le dos, donnaient un avant-goût du pays. Je m'éloignais tranquillement de la France, pour traverser toute l'Afrique.

Calée dans mon siège, je réalisai que je n'avais même pas pris le temps de me renseigner sur le pays, sa géographie, son histoire ni même sa langue. J'eus le sentiment de commettre une gigantesque imposture, en me rendant à Brazzaville, sans le bagage culturel et linguistique nécessaire.

Après une longue sieste, je m'aperçus que nous étions sur le point d'atterrir. Je découvris par le hublot une terre vierge de gratte-ciels. Tels de petits pavés, les maisonnettes parsemaient sobrement le paysage. Sans logique aucune, elles formaient de longs serpents, parfois interrompus. La terre congolaise offrait un spectacle si nu, simple mais pur, affranchie des exigences occidentales. Le

---

[1] « Société des Ambianceurs et des Personnes Elégantes », mouvement vestimentaire du Congo, fondé sur l'élégance

[2] Vêtement traditionnel africain pour les femmes

ciel se chargeait en nuages bien gris, et il fut de plus en plus difficile de voir quelque chose.

Pourtant, je sentais que l'avion me ramenait en terrain connu.

Telles les réminiscences d'un chemin autrefois perdu. Je m'étais simplement égarée de trop longues années en Europe, et le pays me rappelait tendrement auprès de lui.

Ou peut-être, que depuis des années, il m'appelait silencieusement pour revenir voir les miens, mais que j'avais fait mine de ne pas l'entendre. Un sentiment de bien-être s'empara alors de moi.

Après vingt-six ans sur Terre, ma vraie vie commençait enfin.

Du projet à la réalité

« Nous souhaitons nous rendre au Congo-Brazzaville, en juillet 2018. »

Ainsi s'exprima Maman Hélène, un beau matin, en plein déjeuner familial.

Quelle ne fut pas ma surprise à l'écoute de ses paroles. Dans l'histoire familiale, le Congo-Brazzaville nous semblait tellement loin.

Papa Roger et Maman Hélène rejoignirent la France, à Nancy, au début des années 1980, et leurs quatre enfants (dont moi) grandirent en France. L'assimilation avait bien fait ses preuves, à tel point que je m'identifiais comme française d'origine congolaise. Le Congo occupait toujours une seconde place, tel un boulet pour justifier discrètement de cette peau brune, très loin du physique blanc du Gaulois standard. Le Congo résonnait presque comme une insulte, une partie honteuse qu'il fallait absolument dissimuler, pour ne pas froisser le modèle d'intégration. Au fil du temps, j'en étais presque parvenue à oublier que je venais de là-bas. Le Congo, ce concept abstrait, avait pourtant un lien avec moi, aussi distant fusse-t-il.

Le Congo-Brazzaville, petit pays d'Afrique Centrale de cinq millions d'habitants, avait obtenu son indépendance en 1960, autrefois colonisé par la France. Il existe un deuxième Congo, appelé Congo-Kinshasa, grand comme quatre fois la France, mais ancienne colonie de la Belgique. Le Congo-Zaïre était devenu le Congo-Kinshasa, depuis peu. Le Congo-Kinshasa et le Congo-Brazzaville partagent une même langue, le lingala, mais il s'agit bel et bien de deux pays distincts.

Maman Hélène et Papa Roger ne s'étaient pas rendus au Congo-Brazzaville depuis respectivement vingt-deux ans et dix-sept ans. Quant à moi, je n'y avais jamais mis les pieds, par manque de temps, mais aussi par manque de motivation. Je demandais à Maman Hélène la raison de ce voyage.

« Cela fait trop longtemps que ton père et moi nous n'y sommes pas allés. » me répondit-elle, stoïquement. « Vous pouvez nous accompagner, si vous voulez. »

Je me joignis donc au projet, non sans regret. J'avais en effet prévu des vacances 100% filles en Tunisie. Au programme : salsa, zumba, yoga, soleil, cocktails et plage. Je dus donc renoncer à cette destination idyllique, la mort dans l'âme. J'écoutais les filles de la zumba discuter de leur voyage, pendant que, totalement coincée, je me rendais dans ce qui me semblait être le fin fond de l'Afrique. Adieu les vacances de rêve, et bonjour l'ennui, la poussière et les repas à rabais pendant deux semaines.

Après avoir travaillé à Nancy, Papa Roger eut une opportunité professionnelle dans le Sud-Ouest de la

France. Je naquis dans les terres poitevines au début des années 1990, dans la ville de Niort, issue de la classe moyenne/classe moyenne supérieure. Je quittai le Poitou-Charentes, pour des destinations plus multiculturelles, telles que Londres ou les Pays-Bas, à partir de 2012. Je déposai mes valises enfin, au Luxembourg, en 2015, pour un nouvel emploi. Je m'apprêtai donc à voyager depuis le Luxembourg, paradis fiscal et terre du capitalisme par excellence, pour rejoindre le Congo-Brazzaville, l'un des pays africains les plus pauvres au monde, pour la première fois.

Connue pour mes belles qualités d'anticipation, j'avais commencé à m'occuper du voyage deux semaines avant le départ. Je vivais paisiblement mon existence, faite de journées de travail, de sport, de shopping et de sorties entre amies – comme dans un déni total du voyage à venir.

« Clarisse, n'oublie pas les vaccins ! » ne cessait de me rappeler Maman Hélène.

Les semaines passaient, et je m'aperçus que je n'avais pas bougé d'un pouce, pendant que tout un chacun s'agitait autour de moi. Je décidai enfin à m'intéresser à ce détail, quelques jours avant le décollage, toujours très sereine. Je descendis brutalement de mon petit nuage, quand la pharmacienne m'annonça une rupture du vaccin de la typhoïde dans tout le Grand-Duché du Luxembourg.

La boulette.

Le cœur en bandoulière, je courus donc dans toutes les pharmacies du pays, les suppliant vainement de m'accorder la petite fiole. Le front en sueur, j'appelai pharmacie sur pharmacie, pour vérifier les quantités disponibles.

Pendant ce temps-là, Papa Roger avait déjà réalisé tous ses vaccins depuis trois mois, et s'occupait tranquillement de ses préparatifs de dernière minute, tels la météo ou le type de chaussures à porter. En nage dans mes vêtements, sous le soleil brûlant du mois de juillet, je pus finalement trouver un fond de vaccin dans une obscure officine. Je m'emparai sans vergogne du précieux liquide, et je filai chez le médecin pour une piqûre expresse.

Je commis également une bévue considérable, en oubliant de commencer mon traitement anti-paludisme. Et comme les moustiques avaient toujours trouvé que mon sang avait un goût particulièrement délicieux, je devais être la dernière à négliger le risque de malaria.

Bref, une vraie professionnelle des voyages.

Les derniers jours avant le départ, je jetai négligemment mes vêtements dans la valise, ayant le sentiment de partir plus par devoir que par plaisir. Je savais que j'allais éprouver de la culpabilité, si je ne participais pas au voyage, bien consciente des aléas de la vie. D'un autre côté, le Congo-Brazzaville ne figurait pas non plus dans mon top 3 de mes destinations préférées de vacances. Qu'est-ce que j'avais peur de m'y ennuyer !

La dernière nuit en France, je sentis finalement l'appréhension monter. Bien au chaud dans le lit douillet, je me demandais avec angoisse ce que j'allais bien pouvoir trouver au pays. Je m'imaginais dormir dans une case, au milieu des bouses de vache, comme dans les émissions de Frédéric Lopez. Et j'avais oublié d'emmener un sac de couchage, la plaie.

Le lendemain matin, je passais un temps considérable sous l'eau chaude de la douche, dans la salle de bain étincelante de propreté et de modernité, comme pour savourer mes derniers instants parmi cette partie du monde.

Puis, l'estomac serré, je grignotais un bout de croissant et savourais mon chocolat chaud, en faisant un adieu dans mon esprit à ces petits délices, le temps du séjour. Au moment de partir, je caressais, nostalgique, le canapé si confortable et le lit particulièrement moelleux. Je quittais enfin ce petit cocon, et je me laissais porter dans le taxi qui nous amenait à l'aéroport, affichant une tête d'enterrement, à cinq heures du matin.

La bureaucratie congolaise

Lundi 16 juillet 2018, Brazzaville (Congo)

Mon cœur battait à tout rompre. Les gouttes de sueur perlaient le long de mes tempes. Les jambes flageolantes, j'avançais d'un pas hésitant. Je me répétais sans cesse mon discours dans ma tête. Et ce n'était pas le portrait de Denis Sassou-Nguesso, président du Congo-Brazzaville depuis plus de vingt ans, le regard perçant et l'air fier, en guise d'accueil, qui aurait pu calmer mon inquiétude. Mais, je m'efforçais de paraître impassible.

Les passagers de l'avion en provenance de France formaient une petite foule compacte, qui s'écoulait au compte-goutte au bureau des douanes, sous l'œil bienveillant des policiers.

Prisonniers d'une sorte de *no man's land*, tout un chacun s'impatientait pour recevoir le fameux ticket gagnant, et rejoindre l'autre côté. Les premiers élus furent bientôt délivrés de la geôle, surtout quand un second guichetier se décida enfin à aider son collègue.

A travers une petite lucarne de l'aéroport flambant neuf de Maya-Maya Brazzaville, nous vîmes doucement le soleil se coucher, pour faire place à une nuit sans étoile.

Appuyée sur le manche de ma valise, je vacillais légèrement, étourdie par la fatigue. Après cinq heures de car de Luxembourg à Paris et sept heures d'avion de Paris à Brazzaville, mon entrée au Congo-Brazzaville s'annonçait pleine d'embûches, à la suite d'une malheureuse erreur administrative. Voyez-vous, sur le papier, mon visa expirait quinze jours plus tôt. Je m'étais aperçue de l'impair dans l'avion.

Cette déconvenue s'ajouta au parcours de deux mois pour obtenir le visa. Papa Roger dut effectuer pas moins de quatre allers-retours entre le Consulat du Congo-Brazzaville à Paris et Poitiers, son lieu de résidence, pour obtenir le précieux sésame. Chaque visite était ponctuée du même commentaire laconique :

« M. N'Guiambo, vos visas seront bientôt prêts. »

Notre dossier n'aboutissait pas, le Consulat croulant sous les milliers de demandes, que dis-je, les millions de demandes de visas pour le Congo-Brazzaville, destination ultra prisée. A côté, les paysages américains et les plages de l'île Maurice faisaient pâle figure.

Papa Roger fit finalement intervenir un ami qui connaissait un employé du Consulat. Et, nos visas furent prêts en moins de quarante-huit heures.

Animé par un enthousiasme débordant, l'employé du Consulat de Paris avait donc renseigné une date d'expiration erronée sur mon visa. Nous devions donc adopter une stratégie pour régler ce petit problème de date.

Les recours se limitaient finalement à deux :

-Option A : falsifier un document officiel.

-Option B : convaincre les douanes congolaises de l'erreur de leur confrère.

L'option B paraissait la plus abordable, et il fut temps d'en essayer son efficacité. Notre tour était venu.

Mes battements de cœur redoublèrent d'intensité. Je tendis d'un geste tremblant mon passeport. Le fonctionnaire s'empara du document, et le feuilleta avec grande attention.

Quand je vis ses yeux s'écarquiller et son front sombre se plisser, je compris tout de suite que l'affaire s'annonçait mal. Je m'imaginais déjà repartir pour Paris, par le prochain vol, interdite de séjour au Congo, la mine défaite. L'assurance annulation du billet prenait peut-être en charge ce cas de figure, pensais-je, dans un coin de ma tête.

Néanmoins, Papa Roger se chargea des négociations. Il dut parlementer de longues minutes avec l'agent, pour le convaincre qu'il s'agissait d'une simple erreur de frappe, le tout, sans élever la voix. Je continuais d'afficher mon plus beau sourire, l'air innocent, devant le douanier médusé. Mon séjour dépendait entièrement de lui, et un brin d'obséquiosité ne ferait pas de mal.

Au terme d'un suspense insoutenable, l'homme rendit sa décision. Accompagnée de Maman Hélène et de ma sœur Ya Daisy, il dut se rendre à l'évidence que je voyageais bien avec ma famille. Il tamponna, désabusé, mon passeport, afin que je puisse entrer dans le pays, nous sermonnant au passage de notre manque de vigilance.

Qu'importe, je rompais avec fougue les chaînes qui me liaient désespérément aux douanes, pour m'envoler vers la patrie, en toute liberté. Euphorique, j'arpentais les couloirs de l'aéroport d'un pas dansant, mon autorisation de séjour serrée contre mon cœur, affichant un sourire involontairement narquois aux malheureux qui attendaient toujours leur entrée dans le territoire.

D'autres ne connurent pas ce même bonheur. Un Chinois fut refoulé à la frontière, fort contrit. Un couple d'Occidentaux patientait également sur le côté, complètement désemparé par les règles du jeu – tout comme moi.

Ou plutôt, comment s'affranchir des règles du jeu.

La balade

« *Oyi epahi na bino.*[3] »

Ya[4] Hygin, fils spirituel de Papa Roger, et sociologue reconnu, nous accueillit à Brazzaville. Elancé, mince, à l'allure d'intellectuel sage dans son costume bien serré, il nous serra la main, à tour de rôle, fort respectueux.

Mes Converses foulaient légèrement le sol congolais, terre de mes ancêtres. Je fus particulièrement intimidée par ce retour au bercail, presque irréel. Il faisait déjà nuit noire à dix-huit heures, en ce mois de juillet, l'air chaud et le vent absent. J'observais tour à tour les visages des oncles et tantes venus en nombre, ainsi que la vue sur Brazzaville. Dans l'obscurité, des masses informes - hommes ou véhicules - se déplaçaient au loin.

Du côté de Papa Roger et Maman Hélène, l'émotion se ressentait, un mélange subtil de joie et de mélancolie, non sans une certaine pudeur. Leurs tenues occidentales tranchaient avec les mots de lingala[5] et de kuyu[6], qui jaillissaient de leur bouche si spontanément, avec une intonation et un phrasé parfaits. Vingt ans qu'ils étaient

---

[3] « Bienvenue chez vous. » en lingala.
[4] « Aîné » en lingala.
[5] Lingala : l'une des langues nationales du Congo
[6] Kuyu : l'une des langues du village de Manga

partis, mais il semblait que presque tout le monde au pays attendait leur retour.

« *Tia ba valises na coffre ya voiture.* » dit Ya Ronald, l'un de nos hôtes.

Je fixai cet homme avec de grands yeux, totalement perdue dans cette langue que je ne connaissais pas. Il s'empara de ma valise pour la mettre dans sa voiture.

« *Tokosala ba dabos mibale, moko ekeda na taxi.* »

Ya Ronald s'éloigna avec Ya Hygin, tandis que Maman Hélène me tira par la manche.

Nous entrâmes dans un taxi vert et blanc, une Toyota, datant de plus de vingt ans. Je m'assis sur la banquette arrière, sans appui-tête, une moquette épaisse et poussiéreuse à mes pieds. J'actionnai d'un mouvement circulaire la manivelle pour ouvrir la fenêtre, à la recherche d'un semblant de fraîcheur, et je me crus revenue en 1998, dans la vieille Clio de Papa Roger.

Le chauffeur desserra dans un grincement sonore le frein à moteur à soufflet, et nous voilà partis. Nous nous éloignâmes de l'aéroport, et nous pénétrâmes dans un large rond-point à plusieurs voies. Les motocyclistes, fort nombreux, circulaient en tongs et sans casque, agrippés à leur vieille bécane. Les nombreux klaxons, sorte de sport national, apportaient une joyeuse musicalité dans la ville. Le trafic, bien chargé, donnait au rond-point l'air d'une nébuleuse incontrôlable. Notre chauffeur s'aventura alors dans les rues.

Le taxi slaloma avec une aisance surprenante entre les vendeurs ambulants qui pouvaient surgir de nulle part et les piétons qui traversaient tant bien que mal, en l'absence de trottoirs et de passages cloutés. Il roulait à quelques centimètres des *fula-fula*[7], où s'entassaient les Brazzavillois. Pour les plus chanceux, le 4x4 tout terrain constituait une belle option. Les passagers prenaient alors place sur le toit en toute sécurité, ou dans la benne arrière, s'appuyant négligemment sur leurs bras lors des freinages d'urgence.

Le taxi s'arrêta à un croisement brutalement, pour laisser passer une autre voiture qui lui grillait la priorité. Une main sur le volant, le chauffeur passa la tête hors de la fenêtre, furieux.

« *Benda motuca malamu* ![8] », hurla-t-il.

Nous reprîmes notre course d'enfer, le dos collé au siège, la pédale d'accélérateur visiblement à fond.

Etrangement, Papa Roger s'acharnait à attacher sa ceinture de sécurité hors d'usage, sous le regard étonné du chauffeur. Quant à moi, libre de tout mouvement, sur la banquette arrière, je basculais à tout instant, subissant les assauts des virages en épingle. Je me cramponnais à mon siège, au rythme des nids-de-poule et de la boue, les amortisseurs de la voiture bien entamés.

---

[7] Minivans pour le transport collectif
[8] « Va apprendre à conduire ! » en lingala

La route principale pour se rendre au domicile de nos cousins fut bloquée en raison d'une veillée funéraire. Le taxi attaqua donc les ruelles étroites et sinueuses de Brazzaville. Dans l'obscurité totale, mais la rue pleine de monde, nous nous aventurâmes dans les allées pendant de longs instants. Notre chauffeur semblait connaître parfaitement son chemin, en l'absence de panneaux et de GPS, direction l'arrondissement de Talangaï, dans le sud de Brazzaville.

Comme je ne tardais pas à l'apprendre, Brazzaville, la capitale du Congo-Brazzaville, comptait plus d'un million d'habitants. Je ne pus dissimuler mon étonnement au vu de l'état de la capitale du pays. Je m'étais imaginée une ville semblable aux métropoles africaines comme Lagos au Nigéria ou Johannesburg en Afrique du Sud.

En réalité, Brazzaville ressemblait à un petit village, aux bâtisses modestes, qui se serait agrandi au fur et à mesure des années, de façon imprévisible. La population de Brazzaville avait triplé en l'espace de trente ans. L'exode rural et l'explosion démographique ont conduit à une expansion anarchique de l'urbanisme. Le centre-ville, tout petit, à l'air occidental, regroupe quelques quartiers riches, des grandes surfaces et des bâtiments diplomatiques. A la périphérie, dans un contraste saisissant, on retrouve, appelons les choses par leur nom, les bidonvilles. Dans ces bidonvilles, se côtoient, de façon indécente, résidences prospères et cabanons au dénuement le plus complet.

D'après Papa Roger et Maman Hélène, l'eau courante et l'électricité se développent de plus en plus à Brazzaville. Ils évoquaient leur jeunesse, à étudier au pied des lampadaires dans la rue, faute d'électricité chez eux. Aujourd'hui, Brazzaville connaît essentiellement des problématiques de délestage. La capacité de production d'électricité étant inférieure à la demande, « on » décide toutes les semaines de couper l'électricité d'un quartier entier. Un peu comme s'il fallait priver Levallois-Perret ou Boulogne-Billancourt d'électricité pendant une semaine.

Mais, attention, pour couper l'électricité à des milliers de personnes, il faut tout de même respecter un certain code d'honneur. La règle numéro un consiste à ne pas toucher aux lieux sensibles, tels que les hôpitaux ou les quartiers diplomatiques. L'une de nos hôtes, Ya Danellie, nous fit part, toutefois, de l'accouchement de l'une de ses amies, à l'hôpital, la bougie à la main. Le groupe électrogène, censé prendre le relais en pareilles circonstances, était exceptionnellement hors service, voyez-vous.

Je confirme que Brazzaville connaît un sérieux problème d'hygiène publique. Je cherchais des yeux les bacs pour le tri sélectif. Nouvelle erreur, dans la mesure où les poubelles n'existaient même pas. Les habitants déversaient leurs déchets dans la rue. Les épluchures de légumes, les mouchoirs, les sachets plastiques, les carcasses de poulet, les peaux de banane, les cannettes, les bouchons, les pneus usés, les vieilles radios, les piles, les morceaux de bois ou les arêtes de poisson jonchaient le sol.

Quant aux eaux usagées, elles ruisselaient dans la rue ou dans les canalisations ouvertes, dans un nuage de moucherons. Une eau brunâtre s'écoulait lentement, portant dans ses flots, des immondices par millier, fruit du rythme intense de la vie urbaine. Les discussions écologiques de l'Europe semblaient être à des années-lumière des réalités congolaises. Papa Roger, le scientifique, suggérait à demi-mot que les déchets auraient pu être utilisés pour produire de l'énergie… et empêcher les coupures d'électricité.

A cela, vous pouvez ajouter la pollution issue des pots d'échappement des voitures bricolées des années 1990. Nous ne cessions d'inhaler les émanations de carburant frelaté, à la fumée bien noire. Les amas de déchets, grignotés par les souris affamées, dégageaient des vapeurs lourdes, chargées en substances toxiques. Vous obtenez donc un cocktail détonnant qui irrite la gorge, les yeux et la bouche.

Notre taxi s'arrêta à la demeure de nos hôtes, une charmante maison en pierre blanche. Je sortis du taxi, les jambes un peu tremblantes par cette introduction mouvementée.

Maman Hélène

Ya Clémence me serra fort dans ses bras. Vêtue de pagnes très colorés, cette petite femme ronde à la peau noir ébène nous adressa un large sourire. Elle s'empara de nos valises, pour nous libérer les bras. Une fois dans la cour de la maison, elle s'assura que nous étions bien installés, et que nous avions à boire et à manger.

Fraîchement débarquée de l'avion, je savourais ces premiers instants en terre congolaise. Dans la nuit totale, éclairée par quelques faibles néons, nous nous trouvions dans la cour de la maison de mes cousins. Entourée par les hauts murs de la maison, nous fûmes dans l'ignorance totale de ce qui nous entourait. Il fallait attendre le lendemain, avec le lever du soleil, pour admirer plus en détail le pays. Vingt-six ans d'ignorance sur le sujet, je crois que je pouvais encore patienter un petit jour en plus. Seules les voix des hommes au loin et la musique congolaise nous donnaient un parfum des alentours.

Je mangeais timidement des morceaux de poulet, pendant que Maman Hélène discutait avec Ya Clémence, sa petite sœur de toujours. D'apparence discrète, Ya Clémence représentait, en réalité, symboliquement, une frontière invisible entre l'Europe et l'Afrique, le passé et le présent, l'avant et l'après. Sa vie, comme celle de beaucoup de femmes congolaises, ressemblait à une longue suite de bouleversements, malgré tout ponctuée de moments de joie. Quelques années auparavant, elle recueillit en son foyer les enfants de sa défunte sœur. Le petit dernier, alors agrippé à son sein, trouvait un peu de réconfort dans ses bras, aux doux souvenirs de sa maman disparue. Quelques temps plus tard, un membre de la famille de Ya Clémence avait déshérité son entourage de la propriété familiale. Coriace, il maintenait que la parcelle de terrain lui revenait. Porté par ses convictions, il avait même fait envoyer son propre neveu en prison, pour le chasser de ses terres. Ce jeune homme y resta enfermé de longues semaines. Nous fîmes sa connaissance, un garçon très souriant. Ses traits marqués témoignaient des souffrances, des privations voire des humiliations qu'il avait connues en prison.

Cependant, le doux sourire de Ya Clémence ne trahissait pas le moins du monde ce long parcours. Aujourd'hui, malgré tout, Ya Clémence se tenait devant nous, si fière d'accueillir sa famille française, aux liens indéfectibles.

« *Essali gaï essego nako tala bino.*[9] » dit Ya Clémence à Maman Hélène, sa grande sœur de toujours.

Près de soixante ans plus tôt, Maman Hélène grandit à Manga, tout comme Papa Roger. Ce petit village dans le

---

[9] « Je suis contente de vous voir. » en lingala.

nord du pays, coincé au cœur de la forêt équatoriale, était accessible à plusieurs jours de marche et de car. Les villageois se rendaient à Owando depuis Brazzaville, la ville la plus proche, à plusieurs heures de voyage.

La route du car empruntait un sentier sinueux, avec un ravin en contrebas, à plusieurs dizaines de mètres. Il n'était pas rare que le car aux pneus bien fragiles et au moteur douteux cédait aux problèmes techniques. Le chauffeur et les passagers s'attelaient alors à réparer l'engin, pendant plusieurs heures, au beau milieu de la cambrousse, sous le soleil tapant. Une fois réparé, le car continuait son périple, crachant des panaches de fumée noire et grinçant sinistrement, des boulons sautant de temps à autre.

A leur arrivée à Owando, les villageois empruntaient à pied un pont de fortune, fait de bois et de corde, pour traverser la rivière Kuyu. Les flots déchaînés de la rivière ne perturbaient pas les marcheurs, malgré les lattes à l'aspect fragile.

Pour atteindre leur destination finale, les villageois marchaient pendant de longues heures les trente kilomètres qui les séparaient de Owando à Manga. Ils traversaient la forêt, un petit sac sur leur dos, contenant leurs maigres effets personnels. Leurs pieds portaient leurs jambes douloureuses, gagnées de temps à autre par les fourmis rouges ou ravagées par les piqûres des insectes. Un chemin sinueux serpentait entre les grands arbres, composés de bananiers et de palmiers. Hauts d'une dizaine de mètres, les arbres cachaient de leurs feuilles le ciel entier, l'odeur de la mousse et de l'humidité prenant au nez. Les cours d'eau représentaient une chance ultime pour se désaltérer, avant de repartir de plus belle pour le périple.

Lorsque les villageois atteignaient enfin Manga, la joie les envahissait, soulagés d'avoir échappé aux dangers de la forêt et de revoir leurs proches – en attendant le retour. Ils pouvaient alors participer aux rituels du village et rendre visite à leur famille.

Sur le sol de terre battue, des maisonnettes de bois agrémentaient Manga. L'antenne réseau la plus proche se trouvait à plusieurs kilomètres, et le service postal ne desservait pas la région, si bien que les villageois étaient comme coupés du monde. Ils gagnaient leur vie en tant que pêcheur, vannier ou commerçant. Les habitants disposaient d'une unique école sur la place du village et d'une petite infirmerie.

Grand-Père Sylvestre, soucieux de l'avenir de Maman Hélène, l'envoya à Brazzaville, chez une cousine de la mère de Ya Clémence, dès ses onze ans. Ce grand papa au teint bien noir fit la sourde oreille, quant aux protestations de Maman Hélène, alors petite fille aux grands yeux bruns et à la peau intensément claire.

« *Ga ili oliga édjoua wo ka.[10]* » ne cessait-elle de crier.

Il jugea que l'éducation était la seule arme qu'il pouvait donner à sa fille contre les vicissitudes de la vie, lui qui n'avait pas eu cette chance. Après son départ, leur relation se résuma alors à quelques visites impromptues de la part de Maman Hélène, malgré le lien indéfectible qui les unissait. Maman Hélène vécut alors son adolescence aux côtés de Ya Clémence, à Brazzaville. Elle put continuer ses études, tout en réalisant des petits boulots. Par la suite, elle continua ce long exil, cette fuite éternelle de la misère, pour rejoindre l'Europe, en compagnie de Papa Roger.

Quarante ans plus tard, les deux petites filles des bidonvilles de Brazzaville discutaient ardemment, comme pour rattraper le temps perdu, sous le regard bienveillant de Grand-Père Sylvestre, aujourd'hui disparu, tout comme Grand-Mère Thérèse, dont je portais l'autre nom, Matou, en deuxième prénom. Les yeux brillants, Ya Clémence et Maman Hélène évoquaient alors leurs souvenirs d'enfants devenues adultes bien trop vite.

---

[10] « Je ne veux pas y aller. » er

2h52 du matin

Contrairement à mes sombres prédictions, nous séjournions dans une grande maison confortable, composée d'un salon, d'une cuisine, de trois chambres, de deux salles de bain et de toilettes. Les murs de briques blanches nous protégeaient de la chaleur. Les fauteuils du salon formaient un demi-cercle fort convivial, à la marocaine. Le salon était même équipé d'une télévision dernier cri, alimentée par Canal +, dont les paraboles florissaient comme des champignons sur les toits des maisons de Brazzaville. Un joli petit jardin composé de palmiers et d'arbustes entourait la maison.

Nous partagions une chambre avec ma sœur, Ya Daisy.

Ya Mama, l'aînée de la fratrie de nos cousins, avait vécu chez nous, en France, dans les années 1990. Cette femme de caractère nous avait fait visiter la propriété de ses parents, à notre disposition pendant ces quinze jours. Soucieux d'accueillir leurs convives au mieux, les enfants des propriétaires avaient fait refaire la peinture légèrement écaillée de notre chambre, juste avant notre venue.

« Désolée pour l'odeur de peinture fraîche. » avait soufflé honteusement Ya Mama.

J'avais baissé les yeux. Personne n'avait jamais repeint une pièce pour moi.

J'avais été très touchée par toutes ces personnes qui avaient pris le temps de venir à notre rencontre. Après un copieux dîner en compagnie de notre comité d'accueil qui comptait une dizaine de personnes, il fut temps d'aller passer notre première nuit au pays.

Je m'étais glissée tout doucement dans le lit vers onze heures du soir, dans les draps fraîchement lavés et repassés, repensant avec tendresse à tous ces visages. Je commençais à m'endormir, avide de nouvelles aventures, dès le lendemain. Je fus réveillée, prématurément, à mon grand mécontentement, à 2h52 du matin donc.

La voix du chanteur Ferré Gola retentissait au loin. Nos hôtes, Ya Patrick, fils des propriétaires des lieux et sa femme Ya Danellie, se couchaient très tôt, dès neuf heures du soir, et je ne tardais pas à comprendre pourquoi. A partir de minuit, tous les jours, le Brazzavillois se sent obligé de faire partager sa musique avec son voisin. Alors, chacun met sa sono à fond, si bien qu'entre minuit et cinq heures du matin, il est impossible de dormir.

Je me tournais et me retournais dans le lit. Autant, je n'ai jamais été particulièrement attirée par la nourriture congolaise ou par la langue, mais j'ai toujours adoré la musique congolaise. Eduquée par les parents sur ce point, je grandis au son des célèbres Papa Wemba, Koffi Olomidé, Werrason, JB Mpiabé, Franco ou les grands Zaïko Langa Langa. Il s'agit d'une musique chaleureuse, festive et sensuelle. J'ai toujours en mémoire les solos de guitare électrique et la musicalité de la rumba congolaise. Les artistes venaient pour la plupart du Congo-Kinshasa, le voisin, mais qu'importe. Les rues de Brazzaville étaient rythmées, à toute heure de la journée, par le *soukous*. Les Congolais dansaient également sur cette musique, avec ce déhanché inimitable, aussi bien les hommes que les femmes.

Plus jeune, quand mes parents invitaient leurs amis congolais exilés dans leur maison en France, lors des douces soirées d'été, la musique congolaise jaillissait de la chaîne hi-fi du salon. Le rythme endiablé de la guitare électrique du *ndombolo* perturbait la tranquillité habituelle du quartier résidentiel de ce petit village poitevin, peu habitué à ce type de musique exotique. Les voisins, qui promenaient leur chien, jetaient alors des regards étonnés par-dessus les haies, pendant que mes parents et leurs amis parlaient bien fort et hurlaient de rire aux blagues des uns et des autres. Quant à moi, terrée dans ma chambre à l'étage, je mourrais de honte, en me demandant si la police n'allait pas rappliquer pour nous demander de baisser d'un ton.

Non, mais décidément, j'avais vraiment envie de dormir cette nuit. En plus d'être bercée par la musique, l'un des voisins de la maison se mit soudain à pousser des cris, au beau milieu de la nuit. D'après ce que j'avais compris, il priait à quatre heures du matin. Il allait falloir s'habituer.

Il apparut évident donc que le concept de tapage nocturne ne s'appliquait pas au Congo.

J'essayais donc de trouver le sommeil, malgré les décibels. Je m'endormais péniblement, au rythme des boum-boum. Je me réveillais cependant avec un mal de tête terrible, au cri du coq du voisin et piquée de partout par les moustiques.

De la planification

Quand j'ai annoncé que j'allais au Congo-Brazzaville, on me demanda ardemment le programme de notre séjour. Je fis part de mon ignorance sur le sujet. Je ne savais même pas où nous allions séjourner jusqu'au dernier moment, ni qui allait nous rendre visite.

Mais, mes amis, le Congolais ne prévoit pas. Le Congolais vit au jour le jour, d'heure en heure, de minute en minute. Le Congolais improvise. A longueur de journée. Comment voulez-vous prévoir quand la voiture ne démarre pas ? Que les embouteillages vous ralentissent constamment ? Que la pluie battante rend impossible toute sortie ? Ici (ou là-bas, je ne sais plus), la flexibilité est poussée à l'extrême. Forcément, pour nous, Européens, le choc culturel se traduisit par quelques malentendus. Mais, nous nous accommodâmes bien rapidement à ce doux chaos.

Nous dûmes régler nos montres à l'heure brazzavilloise. Il s'agit d'une heure, ô combien particulière, où le déjeuner de onze heures se transforme par magie en dîner de dix-neuf heures. Les retardataires ne perdaient pas leur temps et leur énergie à trouver des excuses, et se présentaient avec un grand sourire, nous faisant oublier plusieurs heures d'attente, et le programme de toute une journée chamboulée. La vie congolaise se résume à un joyeux capharnaüm, où la ligne droite occidentale devient un zig-zag suivi d'un demi-tour, puis d'un autre zig-zag, pour arriver au même point – ou presque.

Les Brazzavillois s'étaient appropriés, à leur façon, la notion de service public. En levant la tête, un matin, je vis un homme au sommet d'un poteau électrique. Bien qu'il ne fasse point partie de la compagnie d'électricité nationale, il raccordait, en réalité - illégalement - du courant à sa maison, au péril de sa vie. Autour de moi, personne n'avait l'air de s'offusquer de ce comportement particulièrement dangereux. Comprenant que ce genre de scène faisait partie du quotidien, je me contentai d'un haussement d'épaules, et bus nonchalamment un verre de Fanta.

Même les pouvoirs publics aimaient insuffler un semblant de désordre. Après tout, ce n'était pas comme si la vie de millions de personnes dépendait de leurs décisions. Nous passâmes devant le quartier de Bacongo. Le gouvernement congolais, préoccupé par l'insalubrité des habitations, entreprit de construire des logements pour les revenus les plus modestes. Pour amortir les coûts de construction, les loyers se révélaient hors de portée pour les revenus moyens, si bien que les logements restaient soit inoccupés, soit habités par des familles riches.

L'argent public dépensé sans raison représentait toujours un crève-cœur lorsque nous passions devant ces bâtisses.

Le stade de Brazzaville, inauguré en 2015, avait coûté des milliards de francs CFA, mais restait désespérément vide. Pendant ce temps, le Congolais moyen trimait avec quelques francs CFA en poche, dans les bas-fonds des bidonvilles de Brazzaville, sans accès aux soins médicaux, ni à l'éducation.

Tout un chacun entrait dans les maisons, du cousin éloigné à l'enfant du voisin, en passant par le commerçant ambulant. La porte blindée européenne avec trois cadenas s'était transformée en un grand portail largement ouvert à quiconque dans le besoin. Bientôt, la cour de la maison de nos cousins fut envahie par un flot de visiteurs ininterrompu. Tout au long du séjour, il ne fut pas rare que Papa Roger siégeât dans la cour/Cour, de sept heures du matin jusqu'à six heures du soir, entouré de divers visiteurs.

Tout Brazzaville savait que Papa Roger et Maman Hélène étaient rentrés, et ce fut un devoir de rendre visite aux enfants du pays.

Nous ne savions pas toujours qui allait débarquer, ni à quelle heure. Nous accourions toujours en tout sens pour apporter des chaises supplémentaires ou des boissons, pour accueillir au mieux nos visiteurs impromptus. Et même en notre absence, les visiteurs continuaient d'affluer. Ya Danellie et Ya Patrick, souvent présents à la maison, faisaient office de réceptionnistes. A notre retour de nos sorties, ils nous résumaient la liste des visiteurs. Bien souvent, ces derniers ne laissaient ni numéro pour les rappeler, ni même une adresse pour venir les voir, persuadés que la simple connexion spirituelle suffirait amplement à fixer un nouveau rendez-vous qui conviendrait aux deux parties. Pas démotivés pour un sou, ils se contentaient de repasser les jours suivants, pour le plus grand bonheur de mes parents.

Un soir, j'eus le malheur de me glisser dans mon pyjama à sept heures du soir, après une journée de marche particulièrement intense. Dès que j'entendis quelques pas dans la cour, je n'en crus pas mes oreilles.

« Encore ! » sifflai-je.

Je dus reprendre en toute hâte une tenue plus présentable pour accueillir notre visiteur, un grand sourire aux lèvres, comme si de rien n'était.

La famille africaine ne ressemblait en aucun point à la famille occidentale. Je découvris donc, avec stupéfaction, ma grande famille congolaise. Je serrais à longueur de journée des mains de cousins, cousines, oncles ou tantes. Dire que nos photos de famille en France ne se résumaient qu'à quelques personnes.

Les visites furent de plus en plus insolites. Ya Gaël, le fils d'Oncle Flavien, le frère de Maman Hélène, se présenta, un beau matin, en tenue de militaire dans la cour. Il avait obtenu sa permission, jusqu'à six heures du soir, pour pouvoir rendre visite à cette branche française de la famille. Costaud, grand et imposant dans sa tenue en treillis, et sous son képi, il s'assit sagement à côté de sa tante, Maman Hélène.

Le jeune Vianney, fils aîné de Ya Clémence, avait posé une semaine de congé à la ferme, pour pouvoir se consacrer entièrement à notre venue. Des fils et des filles d'amis ou de cousins avaient réalisé plusieurs jours de voyage, depuis le village, pour venir nous dire bonjour.

Savoir comment tous ces visiteurs avaient obtenu notre adresse représentait toujours un mystère pour moi. Les amis et familles proches se contentaient d'apparitions furtives, suivies de longs jours de silence, sans que l'on ne sache exactement la raison de leur disparition passagère ou définitive.

L'usage veut que voyager au pays implique de ramener des cadeaux. Maman Hélène avait une valise remplie de présents, essentiellement des vêtements et des chaussures. J'avais pour ma part offert un sac à main. Je fis également don de médicaments et de vieilles chaussures. Mais, nous reçûmes tellement de visites, que nous fûmes bientôt à court de cadeaux.

La réciproque de l'imprévu fonctionne également. Papa Roger et Maman Hélène décidèrent de rendre visite à un couple d'amis. Ces personnes ignoraient la venue de mes parents à Brazzaville. Par la force de sa mémoire, Papa Roger mena Maman Hélène dans les dédales des rues brazzavilloises pour se rendre chez leurs amis, en supposant qu'ils n'avaient pas déménagé depuis. Papa Roger connaissait Tantine Fabienne depuis le lycée. Ils s'étaient revus pour la dernière fois il y a près de vingt ans. Après une vingtaine de minutes de marche, les parents atteignirent la destination.

« C'est ici. » confirma Papa Roger à Maman Hélène, devant la somptueuse maison aux allures de palais grec.

Pas de sonnette. Papa Roger se contenta de trois grands coups dans le portail de ferraille. Après de longues secondes, ce dernier s'ouvrit timidement. Tonton Jean-Pierre, mari de Tantine Fabienne, échangea un bref regard avec Papa Roger et s'exclama soudain à grands cris. Il appela sa femme, qui accourut à petits pas. Elle fut pétrifiée par l'apparition de ces fantômes vieux de vingt ans. Ni une, ni deux, Tantine Fabienne se ressaisit et s'empressa de préparer un bon repas à base de *bissi*[11] pour célébrer ces retrouvailles inattendues.

---

[11] « Poisson. » en lingala

A la bonne franquette, partie 1

Nous commencions à prendre nos aises après quelques jours, déjà, au pays.

Cependant, il nous fallait régler une question de plus en plus urgente. Nous étions bientôt à court de francs CFA, la monnaie locale. Bien avant le départ, dès le Luxembourg, j'avais appelé plusieurs banques. Elles m'expliquèrent toutes que cette monnaie n'était pas disponible au Luxembourg. Papa Roger et Maman Hélène avaient réussi à obtenir quelques francs CFA à Paris, mais à un taux de change exorbitant.

Donc, le plan consistait à venir depuis la France avec des euros en liquide, pour obtenir le change sur place. Retirer d'importantes quantités d'argent au pays était inenvisageable, pour des raisons de sécurité. Se promener avec des centaines d'euros en liquide dans les poches, l'était moins encore – bien évidemment.

Le bon sens aurait voulu qu'il y ait un bureau de change à l'aéroport de Brazzaville, pour les voyageurs internationaux. Il n'en fut rien. Et impossible d'aller dans les banques sans y payer une importante commission - ou comment se couper un bras. Papa Roger fit intervenir Tonton Jean-Pierre, dont la fille travaillait dans une banque.

Ce petit homme à la retraite, mais sollicité de toute part pour gérer des contentieux familiaux, se présenta tard, un soir, dans la parcelle, visiblement accaparé par ses activités.

« Tu ne viens pas saluer ton vieux père ? » me lança-t-il, alors qu'il entrait dans le salon. J'accourus aussitôt.

Le visage épuisé par les problèmes du pays, les yeux marqués par des cernes, il s'assit quelques instants au salon, pour échanger avec la famille.

Dans un silence, Papa Roger lui tendit alors une enveloppe contenant plusieurs centaines d'euros, dans un geste qui sembla durer une éternité. Tonton Jean-Pierre hocha la tête et glissa l'enveloppe dans la poche intérieure de sa veste. Il échangea un regard avec Papa Roger, signe d'un accord informel entre les deux hommes. Puis, déterminé, il s'enfonça dans la nuit, un chapeau vissé sur la tête, comme dans un vieux polar. Nous patientâmes quelques jours, bientôt à sec.

« Il va revenir. » ne cessait de répéter Maman Hélène.

Tonton Jean-Pierre réapparut finalement à Talangaï, quelques jours plus tard, tel le Messie. Il avait réussi, avec grand succès, à nous obtenir des francs CFA, sans la moindre commission. Nous le remerciâmes chaleureusement, agréablement surpris par tant d'intégrité et d'honnêteté. Alléluia.

A présent, nous pouvions nous rendre au marché pour acheter à manger.

Quand bien même le Congo comptât quelques grandes surfaces, les prix s'y envolaient, tous les produits étant importés. De plus, à cause des coupures d'électricité qui pouvaient durer plusieurs jours, les Congolais n'utilisaient pas de réfrigérateur. De toute façon, ils n'avaient même pas les moyens d'en acheter, donc la question ne se posait même pas.

Pour cette raison, les femmes se rendaient au marché. Tous les jours. Pas de marché, pas de dîner.

Nous nous portâmes volontaires avec Maman Hélène et Ya Daisy pour faire le marché avec la femme de Ya Patrick, Ya Danellie. Elle en fut ravie.

Nous nous rendîmes au marché de Talangaï. Nous marchâmes pendant une vingtaine de minutes. Dix heures du matin, et les rues grouillaient de monde. Les femmes de tout âge se ruaient au marché, pour nourrir leur famille.

Nous formâmes bientôt une file indienne. Je suivis Ya Danellie, avec sa silhouette élégante, son accent chantant et sa voix joviale. Sur le bord de la route, nous marchions sur un semblant de trottoir. Les voitures filaient à toute allure, pendant que les piétons marchaient sur les trottoirs, tantôt en goudron, tantôt fait de sable. Nous passions devant les nombreux petits commerces, construits à base de tôle et de ferraille, à l'équilibre précaire. Les noms des commerces étaient inscrits à la peinture blanche, à l'écriture hésitante et inégale, bien loin des devantures propres, imposantes mais impersonnelles de l'Europe.

Lors de notre marche, Ya Danellie enjamba, sans sourciller, une canalisation ouverte, pour traverser la rue. Sans autre option, je m'apprêtai donc à faire de même. J'évaluai d'un regard le lit de la canalisation, à un ou deux mètres plus bas. Si je manquais mon coup, je serais bonne pour me tordre la cheville, sans compter l'immense plaisir que j'aurais à plonger mes petits pieds dans l'eau sale et stagnante. Je me ressaisis. Je pris un grand coup d'inspiration, bien consciente que je m'éternisais à m'exécuter. Deux personnes derrière moi étaient déjà passées, insensibles à ce qui était, pour eux, de l'ordre du quotidien. J'enjambai fièrement la canalisation, soulagée de ne pas être tombée, sans doute avec trop de maladresse.

Les Brazzavillois me jaugeaient du regard. J'avais beau porter mes plus vieux vêtements, ils juraient particulièrement avec les belles robes en wax, le tissu africain, que portaient toutes les dames. Elles se mouvaient avec élégance dans leurs robes, à la fois serrées au niveau du bassin, mais suffisamment amples au niveau du ventre et de la poitrine, le tout, accentué par leur cambrure prononcée.

Ya Danellie, bien habituée des lieux, nous indiqua l'entrée du marché. Nous marchâmes quelques instants dans le sable, la ruelle remplie de personnes. Puis, nous pénétrâmes dans le marché, aux allées obscures, comme dans un monde souterrain. Le marché s'étalait sur plusieurs centaines de mètres, à l'allure décousue. Les poteaux en bois, plantés ci et là, soutenaient la charpente, haute de plusieurs mètres. Les bâches en plastique recouvraient les toits, si bien que les rais de la lumière du jour ne pénétraient que faiblement. Les allées étroites balayaient le marché, noires de monde. Les étals se comptaient par dizaine, essentiellement tenus par des femmes. Elles proposaient vêtements, épices et nourriture, sur des plans en bois.

Ya Danellie jetait de temps à autre des regards inquiets en arrière, pour s'assurer que nous suivions. Maman Hélène refermait la marche, soucieuse de ne pas nous perdre. J'avançais d'un pas prétendument assuré, mes chaussures plongeant dans la boue. J'enjambais de temps à autre les eaux ruisselantes et les trous apparents. Je me faufilais au milieu des femmes, et écartais les enfants, pour ne pas perdre de vue la maîtresse de maison. Parfois, je ne voyais que sa robe jaune, pendant que j'étais coincée dans la foule. Je me dépêchais alors de la rattraper, bien effrayée de m'égarer. La chaleur me faisait déjà tourner la tête, et les effluves des aliments m'empêchaient de respirer aisément.

Nous nous arrêtâmes au premier étal. Ya Danellie s'avança, en bonne locale. Je croisai les mains sagement sur le ventre, un œil au sol pour vérifier où je mettais les pieds, en équilibre salutaire sur un morceau de caillou pointu. Une femme me jeta un regard noir, me reprochant de cacher sa marchandise aux clients potentiels. Il ne faisait pas bon de faire de l'ombre au commerce au pays. Je me décalai tant bien que mal, entre les poteaux et les coins de table. Un homme fonça précipitamment sur moi, une brouette chargée de pains, m'incitant à dégager du passage. Je n'eus d'autre choix que de trouver refuge dans une allée voisine, puis de revenir auprès des femmes de la maison, ballotée de gauche à droite, bien malgré moi.

Nous fîmes donc halte au rayon poisson. J'avais en tête l'image du poisson sur les étals du Leclerc, figé sur la glace, l'œil vitreux. Or, au marché brazzavillois, le poisson était bien vivant, bien réel, bien naturel. Une cinquantaine de poissons – le silure - serpentaient sur l'étal, leur long corps gris métallique se chevauchant. Leur petite bouche s'ouvrait et se refermait, leur moustache frémissante. De temps à autre, un poisson s'échappait et menaçait de se jeter au sol. Excédée, la poissonnière le ramenait auprès de ses congénères, serré dans le creux de son poing. Je n'avais pas particulièrement peur du poisson. Mais, d'un autre côté, si par malheur je glissais et que je tombais la tête la première dans les poissons vivants, je pense que l'instant n'aurait pas été des plus agréables. Je chassai aussitôt ces pensées de mon esprit.

Ya Danellie discuta avec la commerçante du prix. Tout au long du séjour, il s'avéra que Ya Danellie était une négociatrice hors pair, toujours à l'affût de la moindre économie. Le prix fut fixé. La commerçante s'empara du poisson choisi, et se saisit d'une machette. D'un coup sec et précis, elle assomma le poisson, nous aspergeant au passage d'eau, et sûrement de sang. Je n'eus aucun mouvement de recul, tétanisée. Je regardais la poissonnière d'un air désintéressé, prétendant être habituée par ce spectacle, que bien évidemment, je ne connaissais pas. Je pensais à Maïté, une cuisinière du terroir, qui tuait des poissons dans ses émissions l'après-midi sur France 3, dans les années 1990.

La poissonnière entreprit de découper le poisson, de le vider et d'enlever les écailles. Elle mit le poisson (notre repas de ce soir donc) dans un sachet, récupéra l'argent et nous partîmes pour le prochain étal.

Chaque fois, Ya Danellie débattait ardemment du prix, avec les mamans, lors de longues négociations. Teigneuses, elles cédaient finalement, cherchant au creux de leurs seins, de la monnaie pour le change.

« Maman, il nous faut encore prendre du poulet, des légumes et du riz. » lança alors Ya Danellie, à l'attention de Maman Hélène.

Le riz cassé, spécialité de l'Afrique de l'Ouest, était, comme son nom l'indiquait, brisé une fois, voire deux fois. J'avais déjà mangé du riz cassé dans mon enfance. Impossible de savoir où et quand j'en avais mangé, mais son goût frais et incroyablement parfumé réveillait en moi des souvenirs enfouis. Ma madeleine de Proust.

Les femmes gagnaient leur vie, à la sueur de leur front, au sens littéral du terme. Tout commençait tôt le matin, pour s'approvisionner auprès des grossistes. Puis, elles accumulaient sur le sommet de leur crâne toute leur marchandise, des récipients et tout un bric-à-brac, pouvant peser plusieurs kilos. Solides, elles marchaient le dos bien droit, le pagne serré et les tongs imprégnées de sable dans la nébuleuse brazzavilloise, animée donc par ces splendides silhouettes de femmes fortes. Elles exposaient leurs marchandises jusque tard la nuit, éclairée par les phares des voitures, la nuit étoilée ou quelques faibles lampadaires.

Certaines d'entre elles coupaient le *pili-pili*, le piment local. D'une main, elles tenaient fermement les tiges des légumes. De l'autre, elles les taillaient, à l'aide d'un long couteau aiguisé, à quelques millimètres de leurs doigts, la lame tranchante sifflant l'air. Elles récoltaient dans une bassine, une poudre hachée, qu'elles pouvaient revendre au plus offrant.

Les quelques francs CFA qu'elles obtenaient, leur permettaient d'offrir un repas chaud à leur famille, voire d'assurer une bonne éducation à leurs enfants. En un sens, je fus rassurée par leur côté terre-à-terre. La valeur de l'argent, gagnée au prix de longues heures de marché, le bébé sur le dos dans l'atmosphère suffocante, anesthésiait – pour le moment – les ravages de nos sociétés de consommation.

J'ai souvent entendu dire par mes amis africains en Europe, qu'il avait été difficile pour eux de s'adapter à la cuisine occidentale. Et, je peux tout à fait les comprendre à présent. La nourriture congolaise respire l'authenticité, avec le bon poisson d'eau douce, l'ananas bien vitaminé ou les bananes plantain sucrées. Le jus d'orange fraîchement recueilli regorge d'une fraîcheur incroyable, provoquant une explosion gustative garantie.

Pour un repas de six personnes, le prix était excessivement élevé, soit environ 6000 francs CFA. Nous rentrâmes du marché, bien épuisées, la peau collante et les cheveux poussiéreux. Et dire qu'il fallait recommencer dès le lendemain…

A peine de retour, Ya Danellie s'attelait déjà à la préparation du repas. Exténuée, je souffrais encore de la longue marche. Je mis une heure à récupérer, m'hydratant avec de l'eau bien fraîche. Affalée sur une chaise, grimaçante de douleur à la suite de ce marathon matinal, mes membres endoloris se remettaient péniblement. Le poids de mes vingt-six années se faisait déjà sentir. Ya Danellie, quant à elle, courrait de droite à gauche, dans un tourbillon de tissu africain. J'eus à peine le temps de vider mes chaussures du sable, qu'elle avait déjà balayé la cour, préparé la table et mis la nourriture au feu.

Elle nous prouvait ses talents de cuisinière, de jour en jour. Elle nous enseigna l'art des beignets africains et des bananes plantain. Nous reçûmes également un bon kilogramme d'arachides. Ya Nadège, la sœur de Ya Patrick, de visite à la parcelle, se joignit à Maman Hélène,

Papa Roger, Ya Daisy, Ya Patrick et moi-même pour décortiquer les arachides. Nous passâmes de longues heures à sortir les cacahuètes, tout en papotant joyeusement.

A la bonne franquette, partie 2

Papa Roger s'était fait une joie de retrouver le pays. Complètement à l'aise, il multipliait les sorties en taxi, les incursions dans les rues ténébreuses de Brazzaville et arpentait les allées d'un air confiant, faisant presque oublier ses trente ans passés en Europe. Il fut capable de retrouver les yeux fermés l'église de sa jeunesse, ou bien encore, l'école de Maman Hélène, malgré les bouleversements urbains de ces dernières années. Chaque fois, il s'exprimait d'un air assuré en lingala, et semblait rayonner sous le soleil congolais. Il se prit même à renseigner des personnes perdues dans la rue, tel un vieil habitué du quartier.

De plus en plus réintégré dans le pays donc, Papa Roger, s'entourait, comme toujours, de nombreux visiteurs. Le portillon rouge en ferraille grinçait plusieurs fois par jour, pour laisser entrer des anciens camarades d'école, des cousins ou des amis du village, tous avides de discuter avec Papa Roger, l'intellectuel du village qui avait réalisé une brillante carrière de scientifique en Occident. Chacun essayait, un tant soit peu, de goûter à la recette miracle du succès, qui ne tenait que, selon Papa Roger, au goût du travail.

Lors d'une soirée mémorable, les complices de Papa Roger, les villageois de Manga animèrent un peu plus la maison. L'un d'entre eux avait ramené un véritable bidon jaune de cinquante litres qui contenait le *cham*, le vin local.

« *Gnoua iloku lamboka.* [12]»

Ya Danellie, en bonne maîtresse de maison, s'empressa d'apporter un pichet et des verres brillants de propreté.

« Non, on veut des tasses ! »

Oui, parce que le villageois ne boit pas dans un verre à pied. Il lui faut une bonne tasse, comme au village. Ya Danellie accourut aussitôt dans la maison, pour ressortir avec une quinzaine de tasses en plastique, vieillottes et toutes décolorées.

« Ah, c'est bien mieux ! » s'exclamèrent les hommes.

Nous (les femmes) fûmes conviées à la dégustation. Ya Hygin remplit à ras bord ma tasse du liquide blanc semi-transparent. Nous portâmes un toast. Dans ce cercle improvisé d'une quinzaine de personnes, nous assistions à une pâle réplique des scènes quotidiennes du village de Manga, faites de rituels et de fêtes.

Nous trinquâmes, et les hommes burent rapidement une tasse d'un coup sec. Puis deux, puis trois, puis quatre. Bientôt, je ne comptais plus les tasses. L'un des messieurs

---

[12] « Tu vas goûter. » en kuyu.

se chargeait de vider très régulièrement le bidon dans le pichet.

Quant à moi, j'en étais toujours à ma première tasse. Mes lèvres effleuraient le rebord de la tasse, et je sirotais aussitôt la boisson au goût neutre. Seulement, avec son teint trompeur et son innocente couleur lait, la boisson se révéla bien plus enivrante qu'elle ne le paraissait. Je dus m'arrêter en bon chemin, n'étant pas forcément habituée aux boissons alcoolisées, même en Europe.

La soirée avançait, et le bidon de *cham* se vidait dangereusement. Les voix des hommes devenaient plus en plus bruyantes. Le *cham* faisait effet.

« Est-ce qu'ils sont en train de chanter ? » fit Ya Patrick, qui avait abandonné depuis longtemps le vin du village, en bon citadin - Brazzavillois.

Non, pas tout à fait. Etrangement, les hommes se mirent à parler politique. Tonton Dominique, un être extrêmement charismatique, vêtu de blanc et à l'âme de meneur, prit la parole. Les autres furent aussitôt silencieux. Tonton Dominique, ami de longue date des parents, et ancien habitant de Manga, avait vécu à Nancy, comme les parents, dans les années 1980, avant de revenir au Congo.

Tonton Dominique poursuivit son discours. Les hommes débattirent ardemment sur la nécessité de l'entraide et du développement économique du pays, tout en enchaînant les tasses de *cham*.

Tout ceci semblait extrêmement passionnant, mais ma tasse était toujours quasiment remplie. Mon voisin entamait déjà sa cinquième tasse. Seul, Ya Chancel, un neveu de Papa Roger, ne buvait pas, pour des raisons religieuses. J'aurais dû prétexter la même chose. Ya Daisy et Ya Danellie avaient disparu depuis longtemps, par je-ne-sais-quel subterfuge. Je jetai un coup d'œil à Papa Roger. Il discutait avec passion de la politique écologique du Congo, animant sa parole avec de grands gestes, la voix amplifiée par le *cham*. Il ne pouvait finir ma tasse.

Je regardai donc Maman Hélène, et il me sembla qu'elle fût plus disposée de terminer ma tasse. Je finis par l'atteindre, discrètement, sur la pointe des pieds. Presque étonnée que je n'eusse craquée plus tôt, elle accepta. Ce fut un grand soulagement pour moi.

Je rejoignis aussitôt la maison, à pas précipités, de peur qu'on me propose de nouveau une tasse.

Et comment (sur)vivent les femmes congolaises

La main de la commerçante claqua sèchement sur mes fesses. J'eus un petit sursaut.

« C'est bien, tu es grosse, ça devrait aller. »

Je fus légèrement interloquée par cette brève interruption dans mon intimité. Je ne lui en avais pas tenu rigueur, bien consciente de l'aplomb naturel des femmes congolaises, ainsi que de leur sens du partage. Par-dessus mon jean et mon tee-shirt, j'avais enfilé une magnifique robe en tissu traditionnel, pour entamer ma transformation. Me voilà donc Brazzavilloise. Ou presque. Je validai l'achat et donnai l'argent à la commerçante. Elle glissa la robe dans le sac, et nous répartîmes dans les allées labyrinthiques du marché.

Ya Danellie nous avait emmenées, en compagnie de Maman Hélène, Ya Daisy et moi-même, pour une après-midi shopping. Les femmes congolaises ne s'habillaient qu'en tenue traditionnelle. Il devint donc urgent d'acquérir des robes congolaises, pour passer inaperçues. Nous traversâmes le marché de Poto-Poto, le plus grand pour l'habillement. Les dizaines de petites boutiques, tenues par des hommes, accueillaient les femmes de tout Brazzaville, à l'affût des dernières tendances, designs et parures. Les commerces abritaient ces motifs ethniques aux couleurs arc-en-ciel, qui illuminaient l'intérieur des boutiques. Les femmes – pour les plus riches d'entre elles - se faisaient fabriquer sur mesure, les tenues des plus basiques aux plus excentriques, chez les tailleurs de renom.

Le programme était chargé, nous voulions acheter plusieurs tissus et robes en une après-midi, profitant des prix cassés par rapport à l'Europe. Nous passâmes de longues heures à trouver la perle rare, sous le regard exigeant de Maman Hélène, en sa qualité de belle femme.

« Ça fait mamie. » me dit-elle, alors que je lui proposai un tissu avec des dragons et des fleurs.

« Je n'aime pas du tout. » fit-elle, à la vue d'un pagne jaune et vert que je lui tendis. Je tournai les talons.

« On dirait une future maman. » bougonna-t-elle encore, pas du tout convaincue par l'essayage de Ya Daisy, à la silhouette toute fine, en nage dans une robe aux formes larges.

Un brin plus facile, j'avais déjà acheté deux pagnes depuis bien longtemps. Assise sur un tabouret, le nez dans le ventilateur et les pieds en feu, j'attendais Maman Hélène qui scrutait les tissus, dans une énième boutique, aux côtés d'une Ya Danellie particulièrement patiente. Quant au gérant de la boutique, il se tenait le menton dans les mains, exténué par ces dames qu'il côtoyait à longueur de journée. Après plus de deux heures de recherche, Maman Hélène consentit enfin à acheter des tissus. Nous repartîmes, soulagées dans le taxi, les bras chargés de sacs.

Très coquette, la femme congolaise accordait une attention toute particulière à ses vêtements, à son maquillage et à ses cheveux. Elles portaient toutes des perruques, des tresses ou des extensions, répondant au diktat de la mode occidentale. Les hommes, qui avaient tous une mère, une sœur, une fille ou une épouse, connaissaient très bien les petits secrets des femmes. Ils savaient pertinemment que sous leurs longs cheveux lisses, se cachaient des heures et des heures à coudre la perruque (dit le tissage) aux nattes collées. Les femmes congolaises, prétendument embellies, affichaient de larges sourires, pendant que leur cuir chevelu, privé d'oxygène, le cheveu dressé, torturé, martyrisé, souffrait silencieusement. Elles connaissaient également les ravages des produits chimiques qui défrisaient les cheveux. En un coup de soude, les cheveux crépus se transformaient en de la paille sèche et raide, totalement décolorée. Les plus malchanceuses subissaient même des chutes de cheveux, consécutives aux multiples traitements. Elles cachaient le fruit de leurs mésaventures sous de larges postiches, ou, en ultime recours, se rasaient la tête, dans l'espoir d'une repousse.

Oui, les hommes savaient très bien cela. Mais, ils continuaient de sourire avec ravissement à la nouvelle coiffure de leur femme, toujours fascinés (ou faisant semblant) de voir les cheveux synthétiques prendre chair sur le visage des femmes.

Parfois complexées par leur peau, elles avaient recours à des crèmes éclaircissantes, vendues en libre accès au marché. Mélange détonnant de produits chimiques tout aussi dangereux les uns que les autres, elles appliquaient de larges quantités sur leur belle peau noir ébène et cuivrée, dans l'espoir de ressembler à Beyoncé. Loin d'apporter le résultat escompté, des boutons, de l'acné et des taches apparaissaient bientôt sur leur peau fragilisée, attaquée de toute part par les composants chimiques.

En proie à ce débat de conscience, je laissais finalement à l'air libre mes cheveux naturels, crépus, courts, noirs, la plupart du temps. Je les agrémentais de temps à autre de petites tresses. La peau claire, les joues parsemées par de petites tâches de pigmentation, et les pommettes proéminentes, héritées de Maman Hélène, je me contentais de mon physique au naturel, un peu perdue dans les soi-disant critères de beauté féminine.

« Merci de faire avancer la cause des femmes. » me félicita même un de mes oncles, fervent défenseur des femmes au naturel. « Regarde tes sœurs autour de toi, elles s'obstinent à cacher leurs vrais cheveux. »

Ma décision était plutôt destinée à soulager mon compte bancaire que de faire avancer la cause féministe, mais je prenais quand même le compliment.

En bonne brazzavilloise, désormais, je compris rapidement à quel territoire les femmes appartenaient.

Au marché, les mamans de tout âge et de toute taille s'affairaient du matin au soir, à vendre poissons, riz ou épices. Fières, fortes mais grincheuses, elles tenaient d'une main de fer leur petit commerce, pour apporter un peu de quoi vivre à leur foyer. D'autres, des commerçantes ambulantes, parcouraient la ville à longueur de journée, pour vendre des épices ou des légumes, qu'elles portaient sur la tête. Elles criaient de façon lancinante le nom de leurs produits.

« Saka-saka ! Mokalu ! Makayabo ! »

Les clients se ruaient hors de chez eux pour acheter les articles. Puis, elles continuaient ainsi, toute la journée, malgré leurs pieds douloureux.

En deux semaines au Congo, je n'ai jamais vu un seul homme en cuisine. Nous préparions tous les soirs la table, la vaisselle et le repas. L'homme, assis sur le canapé, les pieds sur la table basse, le ventre bedonnant, attendait la nourriture. C'était une évidence qu'il ne se rendrait pas dans la cuisine pour aider la femme.

Etonnement, je n'y voyais pas un signe de soumission. Moi-même, je fus élevée dans un foyer où l'équilibre des tâches hommes-femmes régnait. J'ai aperçu de très nombreuses fois, en Europe, Papa Roger avec un balai, aux fourneaux avec un tablier ou à récurer les toilettes. Mais, par respect, il abandonnait ses petites manies en

Afrique. L'erreur, commis par beaucoup, aurait été d'apporter le combat féministe au Congo-Brazzaville, tellement peu adapté aux réalités du pays. Mais, je ne pus que remarquer le lien de dépendance des hommes envers leurs femmes. Par les femmes, les hommes congolais trouvaient un soutien infaillible, une aide estimable lors des difficultés du quotidien. L'homme, abattu, se décourageait, tandis que les femmes, elles, continuaient de survivre sans baisser la garde, répondant sans sourciller à leur devoir de mère, de travailleuse et d'épouse. Les hommes congolais ont bien plus besoin de leurs femmes, que l'inverse. Que serait le Congo sans les femmes ?

On parle souvent de la charge sociale qui pèse sur les femmes, qui doivent être à la fois des femmes actives, des mères et des épouses exemplaires. Être une femme au Congo demandait un intense courage, à bien des égards. Qu'en est-il quand la machine à laver n'a pas lieu d'être, et qu'il faut laver tous les vêtements du foyer à la main ? Et on ne parle pas du passage quotidien par le marché pour remplir le ventre de ces messieurs.

Sandrine, la nièce de Maman Hélène, âgée de vingt-huit ans, avait déjà donné naissance à trois enfants. Dans leur grande générosité, la plupart du temps, la gent masculine se contentait de féconder les femmes, puis retournait vaquer à leurs activités. Ils laissaient aux femmes le soin d'élever les enfants, seules, leur privant au passage de toute possibilité d'étudier. Bien ignorantes, souvent seules et à personne à qui s'adresser, les jeunes filles devenaient femmes bien trop vite. Nous connûmes nombre de femmes aux enfants bien jeunes, dont les papas brillaient par leur absence.

Je connus également le grand bonheur d'avoir mes menstruations au Congo-Brazzaville. Je redoutais ce moment au plus haut point. Avant de partir, j'avais fait mes calculs savants pour déterminer la date de mes prochaines règles. J'en étais arrivée à la conclusion qu'elles arriveraient le dernier jour du séjour, donc je serais tranquille.

Eh bien mes amis, je me suis complètement plantée. Non seulement elles sont arrivées en plein milieu du séjour, et elles ont duré cinq longs jours. La veille, je sentis mon ventre ballonné, et je compris tout de suite que j'allais avoir mes règles prochainement. Mon organisme se moquait bien de moi, programmant mes règles en avance exprès pendant mon séjour au Congo. Je priais toute la nuit pour espérer me tromper. Ce fut peine perdue. Dès le lendemain, aux premières gouttes de sang, je m'étendis sur le lit, en me tenant la tête dans les mains. Effondrée, je dus me résoudre à affronter l'une de mes pires expériences : les règles au fin fond de l'Afrique. Je m'en voulais presque de laisser ce liquide s'échapper. J'avais tout de même emmené des serviettes hygiéniques, au cas où. Ne comptez pas en acheter sur place, elles sont hors de prix. La plupart des femmes congolaises n'ont même pas les moyens d'en acheter. Maman Hélène me racontait comment elle utilisait de vieux linges pour ses règles, qu'elle nettoyait et nettoyait encore. Ensuite, il fallut résoudre la question de la poubelle. Comment se débarrasser de mes serviettes hygiéniques, sans poubelle ? Je glissai timidement mes serviettes usagées dans la poubelle commune, que nous avions instaurée dans la maison. D'un jour à l'autre, elle disparaissait, non pas ramassée par les éboueurs, mais plus vraisemblablement abandonnée dans la rue, au milieu des autres déchets.

Et comme la société gérée par les hommes ne supportait pas les moments de faiblesse des femmes, et encore moins le tabou des règles, je dus participer aux différentes activités comme si de rien n'était, malgré l'inconfort. Je fis le marché, je rendis visite à Tonton Jean-Marie, un ami d'université de Papa Roger, je gardai Eliora, la fille du couple Ya Danellie et Ya Patrick, je préparai les boissons pour les invités, je parcourrai la ville en taxi pour répondre aux différentes sollicitations et je dressai la table, les dents serrées et le visage crispé. Chaque fois, je calculais discrètement, en vertu de la fameuse règle des quatre heures, le moment de changer mes protections. Au cours d'un déjeuner chez une tante, la limite étant sur le point d'être franchie, je dus poliment inciter Papa Roger et Maman Hélène à partir plus tôt, craignant pour une infection urinaire – ce qui aurait été la cerise sur le gâteau.

Et, je continue de penser aux millions de petites filles et de femmes à travers le monde, qui n'ont pas la chance d'avoir accès à une hygiène intime irréprochable.

L'âge mûr

Un jour, quand vous vous promènerez à Brazzaville, vous rencontrerez alors de jeunes garçons jouant au football dans la rue, armés de tongs de fortune, des petits bébés fort nombreux à quatre-pattes dans la poussière, ou bien encore, de grands adolescents errant toute la journée sur des vélos rafistolés.

Quant aux seniors – les vieux -, ils se cachaient dans la maison de leurs enfants, trop vulnérables à la chaleur et trop fragiles pour affronter l'environnement si polluant. Envoyer les petits vieux en maison de retraite au Congo, était – culturellement – inenvisageable.

Mamie « Maman » Emilienne résidait à l'intérieur de la parcelle. Nous habitions chez des cousins de mes parents, un couple marié, parents de six enfants. Ce couple séjournait actuellement en France, pour des raisons de santé. L'un de leurs enfants, Ya Patrick et sa femme, résidaient dans la maison, en attendant le retour des parents. La maman du père de la fratrie de six enfants vivait toujours, Mamie « Maman » Emilienne.

On ne savait pas très bien quel âge elle avait. Dans la société congolaise, et dans la plupart des pays africains, les Anciens ignoraient bien souvent leurs dates de naissance. Le monde européen se complaît dans le royaume des dates, au milieu des commémorations et des anniversaires. Comme si compter le plus précisément possible le temps qui passe donnait un sens à notre vie, car la mort n'en a finalement aucun. Alors, pour conjurer l'angoisse de la mort, l'Européen compte et mesure sa probabilité d'être encore de ce monde. Pour le Congolais, mourir fait partie du quotidien, alors à quoi bon compter ? Au cours de nos vacances, nos visiteurs ont assisté à une dizaine de veillées funéraires.

« Ici, on a l'habitude. » souffla un jour Ya Danellie, de retour d'un énième enterrement.

Mamie « Maman » Emilienne avoisinait donc les quatre-vingt-dix ans. Également originaire du village de Manga, elle était parente avec Grand-Mère Thérèse, la mère de Maman Hélène. Je la rencontrai dès le premier soir.

« Je dois te présenter quelqu'un. » fit Maman Hélène.

Au cœur de la nuit, nous pénétrâmes dans la maison de Mamie « Maman » Emilienne. Le temps s'était arrêté. Au son de la rumba congolaise des années 1960, l'antique arrière-grand-mère se tenait dans un fauteuil à bascule. Elle écarquilla les yeux avec surprise, et se leva précautionneusement pour venir nous saluer. Particulièrement forte, le pagne noué aux hanches et un foulard attaché à la tête, elle avançait d'une démarche hésitante. Le dos voûté, elle marchait à petits pas, menaçant de tomber à chaque instant. Mais, ses yeux rieurs et ses mains chaudes me rassurèrent. Il s'écoula de longues secondes pendant lesquelles elle nous dévisageait, visiblement ravie de voir Maman Hélène et ses filles. Elle se rassit lentement sur sa chaise.

« *Luma ga labi la pétrole.*[13] » chuchota Mamie à Maman Hélène.

Maman Hélène s'exécuta. La flamme vacillait dans la lampe à pétrole à l'ancienne, et éclairait en douceur la petite taverne, les ombres se détachant sur les murs. Sur la gauche, se trouvait le lit de Mamie, les draps souillés, lieu de ses rêveries, au souvenir de ses plus belles années, lorsque son mari vivait encore. Il mourut trente ans auparavant. Sa belle-famille la chassât de sa parcelle, et elle fut contrainte de trouver refuge chez son fils. Et, c'est désormais seule, qu'elle affrontait les derniers mois ou années de sa longue existence, bien involontairement abandonnée de tous ses contemporains, conséquence terrible de sa longévité.

Sur la droite, les casseroles et les ustensiles s'accumulaient dans le coin cuisine. Les mouches s'alléchaient dans les restes de plats pourris. Une petite table et des chaises en bois à l'allure bien fragile complétaient le tableau.

Mamie « Maman » Emilienne me fixait avec de grands yeux larmoyants, de plus en plus gagnés par la vieillesse.

---

[13] « Allume-moi la lampe à pétrole » en kuyu

« *Eli obouai no abeya woua bi maa abanon.* [14]» dit-elle à Maman Hélène, dans un sourire.

Mamie « Maman » Emilienne parlait tranquillement, sans que Maman Hélène n'intervienne. Sa petite voix racontait, sans reprendre son souffle, anecdote sur anecdote. Elle débitait sans discontinuer, en kuyu, d'un ton égal, pour partager tous les trésors de sa riche mémoire. Témoin exceptionnel ayant traversé le siècle dernier, elle partageait ses souvenirs, des plus terribles aux plus joyeux, à Maman Hélène. Elle devait écouter patiemment les histoires de Mamie, qui narrait tour à tour la mort de tel enfant noyé sous la surveillance de sa nourrice, ou encore les infidélités de tel ou tel homme.

Mamie restait assise sur sa chaise toute la journée, à écouter de la musique, tout en reprisant de vieilles chaussettes. Je m'étais instaurée un rituel de venir la voir tous les matins, bien que nos conversations fussent extrêmement limitées. Mais, dès qu'elle me voyait, son visage s'illuminait, et elle serrait mes mains, forte heureuse de recevoir de la visite.

Mamie faisait son linge et cuisinait toute seule. Ses problèmes de rhumatisme l'empêchaient de se déplacer aisément. Elle parcourait en plusieurs minutes quelques longs mètres. Cachée dans sa maisonnette, toute silencieuse, elle marcha péniblement, un jour, en quête du

---

[14] « C'est bien que tu l'aies appelée comme ta mère. » en kuyu

robinet. J'accourus pour lui préparer le seau d'eau. Un autre jour, malheureusement, alors que nous étions de sortie, elle chuta, alors qu'elle tentait de rentrer dans sa chambre.

Seulement voilà, Mamie Emilienne adorait boire. Rhum, vodka, vin, *cham*, bière, *lotoko*[15], tout y passait. Dès dix heures du matin, on la voyait avec un verre à la main. Un jour, Mamie Emilienne nous réclama. Maman Hélène et Ya Daisy vinrent auprès d'elle. Elles ressortirent de la parcelle pour aller au marchand de boissons du coin, acheter de la bière.

« Ah oui, c'est pour la vieille. » commenta le commerçant.

Mamie Emilienne put alors boire tout à son aise. Je passai un long sermon à Maman Hélène et Ya Daisy sur l'alcoolisme et le grand âge, qui haussaient les épaules, impuissantes.

Elle ne cessait d'inviter Papa Roger à boire du *lotoko*, qui fermentait depuis plusieurs semaines dans sa tanière, et qui risquait d'occasionner de sévères maux de ventre. Chaque fois, Papa Roger échappait à cette épreuve en multipliant les excuses.

Bien qu'elle reçût plusieurs visites par jour de sa famille, la situation de Mamie inquiétait grandement tout le monde.

---

[15] Alcool à base de maïs

« Il est temps d'agir. » martelait Papa Roger.

Ses petits-enfants s'efforçaient de lui trouver une soignante auprès d'elle, pour s'occuper d'elle toute la journée. Mais, sous ses airs doucereux, c'était une femme de caractère, particulièrement têtue. Après le départ de son fils en France, elle refusa de se nourrir pendant une semaine, ravagée par le chagrin, et malgré les demandes insistantes de ses nombreux petits-enfants. Une autre fois, Maman Hélène dut l'empêcher de s'enduire d'une soi-disant crème anti-rhumatique, vendue par un commerçant ambulant. Maman Hélène confisqua le tube à la provenance douteuse, sous le regard sombre de Mamie. La dernière nounou avait volé les bijoux de Mamie, et elle refusait catégoriquement de renouveler l'expérience.

Maman Hélène m'expliqua comment, Mamie, autrefois commerçante, avait toujours donné à manger à Maman Hélène, quand son ventre criait famine. C'est pourquoi, Maman Hélène s'affaira à nettoyer le linge de Mamie, à faire son lit et à discuter avec elle tous les jours, sa profession d'aide-soignante en Europe en filigrane.

Nous entendîmes également parler de Ya Bernadette. Elle avait appris à changer les couches du premier bébé de Papa Roger et Maman Hélène (Ya Maryse), et leur gardait toujours un repas bien chaud dans les années difficiles.

« Une grande dame ! » s'exclamait Papa Roger.

Cette femme habitait au beau milieu des bidonvilles de Brazzaville. Après la course en taxi, nous dûmes marcher pendant une demi-heure dans le sable chaud et mouvant pour parvenir à sa demeure. Au milieu des carcasses de voitures brûlées, des chiens errants au regard inquiétant et à la langue pendante – sûrement la rage – et des déchets qui inondaient la rue, la promenade n'en fut pas vraiment une.

Papa Roger et Maman Hélène avaient entendu dire que Ya Bernadette était désormais handicapée, et qu'elle ne pouvait se rendre à Talangaï, chez nos cousins. Ils en furent grandement peinés, et se resoudèrent à lui rendre visite – sans prévenir. Au terme de notre périple, nous fûmes tristement surpris d'apprendre qu'elle était sortie, et ce, pour une durée indéterminée. Nous entreprîmes donc de nous asseoir et de l'attendre, patiemment. Pour ma part, je m'inquiétais pour ma vessie particulièrement pleine. Je n'étais pas encore suffisamment aventurière pour faire pipi au milieu des arbres. Après plusieurs minutes, et sans la moindre idée sur ses plans, nous nous décidâmes à partir. Une petite femme d'un âge avancé entra alors dans la parcelle, au rythme de sa canne.

« J'ai un rhume, je ne vous embrasse pas. »

Pour quelqu'un que mes parents considéraient comme une seconde maman, l'accueil fut plus que glacial. Ya Bernadette s'assit lentement sur un fauteuil. Il s'ensuit de pénibles secondes particulièrement silencieuses. Derrière ses lunettes épaisses, ses yeux lançaient de terribles éclairs. Les cheveux recouverts d'un voile, sa bouche se tordait d'un sens à l'autre. Papa Roger brisa timidement le silence. Ya Bernadette, bras et jambes croisés, cracha alors son venin.

« Vous ne m'appelez jamais. Vous m'avez oubliée. Vous ne me donnez pas de vos nouvelles. »

Papa Roger tenta de se justifier sourdement, plaidant que le numéro de téléphone de Ya Bernadette avait changé.

« Vous m'avez oublié. Si je meurs, vous ne vous en soucierez pas. Vous ne m'enterrerez pas ».

En fin de compte, comme nous ne tardâmes pas à le découvrir, Ya Bernadette n'était pas du tout handicapée. Elle avait fait courir ce bruit pour mesurer l'affection que mes parents lui portaient, quitte à risquer de ne pas les voir du tout.

Ya Bernadette continua à siffler encore quelques critiques acerbes à Papa Roger, qui se confondait en excuses. A près de soixante-dix ans, on aurait dit un petit garçon qui se prenait un savon par sa maman. Après plusieurs minutes à bougonner, Ya Bernadette consentit à s'adresser à la descendance de Papa Roger et Maman Hélène. Elle me demanda à plusieurs reprises comment elle s'appelait. Pétrifiée de peur et de panique, j'eus un trou de mémoire.

« Eh bien mes enfants, c'est un véritable manquement. C'est honteux ».

Après avoir épuisé toute sa mauvaise humeur, Ya Bernadette nous adressa finalement quelques vagues sourires, les mâchoires desserrées, en guise de paix.

Papa Roger insista pour retourner la voir, deux jours après. J'en fus forte inquiète, en mon for intérieur, au vu des conditions d'accès.

Elle finit même par revenir nous voir à Talangaï. La hache de guerre était enterrée.

Les magouilles

« Nous allons nous promener. » dit Papa Roger, un après-midi.

Très enthousiaste, comme toujours, à l'idée de découvrir Brazzaville, j'enfilai mes chaussures.

Nous voilà de sortie, de nouveau, avec Papa Roger, Maman Hélène et Ya Daisy. A vrai dire, je n'avais pas du tout écouté Papa Roger sur l'objectif de la sortie du jour. A priori, il recherchait une destination bien précise, mais j'ignorais laquelle.

« Près de l'église. » insista-t-il.

Nous lui emboîtâmes le pas, n'ayant aucune idée de l'itinéraire, à titre personnel. J'essayais de mémoriser le chemin, de retenir les ruelles avoisinantes de la maison de nos cousins, avec les constructions inachevées et les nombreux petits commerces. Constatant mon manque flagrant d'autonomie dans les rues de Brazzaville, que ce soit en termes d'orientation ou de langue, je me reposai donc entièrement sur nos hôtes ou les parents, pour jouer les guides touristiques. Quelle tristesse infinie que de se sentir étranger dans sa patrie natale !

Après une vingtaine de minutes de marche, Papa Roger bifurqua sur la gauche. Puis, nous revînmes sur nos pas. Maman Hélène commençait à s'impatienter, tandis que

Papa Roger demandait le chemin à de jeunes adolescents dans la rue. Nous reprîmes de plus belle notre promenade, le sable commençait à rentrer dans mes chaussures. Finalement, nous atteignîmes notre destination finale. Papa Roger poussa un portail en ferraille, et nous entrâmes sur le terrain.

Nous visitions en réalité la maison des parents. Je ne connus son existence que très récemment, quelques mois seulement avant le voyage. La maison n'en ressemblait plus vraiment à une. Transformée en école, les murs de la maison avaient été cassés, pour pouvoir abriter les salles de classe. Les murs de briques non peints étaient restés tels quels, ainsi que les encadrements pour les portes – sans porte -, quelques bancs et tables.

Maman Hélène marchait d'un pas traînant, le cœur lourd d'avoir laissé une telle propriété inachevée. Bien au contraire, Papa Roger vint à la rencontre du directeur de l'école, présent par hasard en ces vacances estivales, sur les lieux. Il échangea avec bonheur avec cet homme, se réjouissant de voir sa propriété transformée en lieu de savoir pour les futures générations.

Vingt ans plus tôt, Papa Roger et Maman Hélène investirent dans une parcelle de terrain. Hélas pour eux, ils n'eurent pas l'occasion de retourner au Congo durant ce laps de temps. Ils confièrent la gestion du bien à un jeune cousin de Papa Roger, Ya Bertrand.

« Un petit. » comme expliqua Papa Roger.

Ya Bertrand devait simplement garder la maison, et venir la visiter de temps en temps pour s'assurer de son état. Seulement, il prit un peu trop de liberté par rapport à sa mission initiale, au goût de Papa Roger, encore une fois victime de son grand cœur. Quelque peu animé par l'appât du gain, Ya Bertrand loua la parcelle de terrain à une école privée, sans l'accord de Papa Roger.

Comme vous le savez à présent, dans un village comme Brazzaville, tout se sait – du mari cocu à l'enfant hors-mariage. Chaque geste, parole, comportement est scruté, épié et répété aux intéressés. Pécher à Brazzaville, et il vous faudra affronter tous les ragots de la place du village.

Aussi, Papa Roger, depuis la France, eut vent, depuis bien des années des dérives de Ya Bertrand, via son réseau d'informateurs. Et à neuf mille kilomètres de Brazzaville, il lui fut particulièrement difficile de résoudre le différend.

Ya Bertrand avait tiré le gros lot. Il se retrouvait gestionnaire d'une parcelle, dont les propriétaires ne donnaient plus signe de vie depuis la France. Avec les loyers issus de l'école, il s'assurait des revenus confortables, bien supérieurs à la moyenne du pays. Commercial invétéré, il avait négocié des marges particulièrement juteuses avec le directeur de l'école. Modestement, Papa Roger voulait réclamer sa part du gâteau, sur son propre bien, finalement.

Nous sortîmes donc de la maison des parents, au terme de notre visite, sur la route du retour pour la maison de

Talangaï. Après avoir tellement tourné, nous étions incapables de nous repérer. Sans GPS, sans Waze, sans Google Maps, Papa Roger tenta de nous ramener au domicile de nos cousins. Hésitant, il demanda de nouveau son chemin dans la rue. Bon, officiellement, nous étions perdus, mais Papa Roger ne voulait surtout pas nous l'avouer. Il semblait retrouver un peu de sa jeunesse, à bricoler, jongler, survivre dans la rue, sans père ni repère.

Maman Hélène, toujours très perspicace, maugréait de plus en plus fort, sentant la mauvaise surprise venir. Il n'y avait pas de raison de paniquer. Nos téléphones portables ne fonctionnaient pas, donc nous ne pouvions appeler personne pour nous venir en aide. Coincés au cœur des ruelles, la route principale paraissait loin pour prendre un taxi. Il faisait déjà désormais bien nuit, et chaque pas ressemblait à un saut dans l'inconnu. Papa Roger marchait avec assurance, sans éclairage public, pendant que je calculais le moindre mouvement, pour éviter de poser le pied dans les flaques d'eaux usagées. Je pensais avec envie aux lampes torches sagement rangées dans la valise de Maman Hélène. Les bandits commençaient à être de sortie, et il ne fallait surtout pas montrer que nous étions perdus, surtout en tant que « riches ». Oui, j'ai bien retenu mes leçons apprises lors de mes longues balades dans le métro parisien.

« Et, est-ce qu'il y a des serpents ? » osai-je demander, d'un air détaché.

Donc, pas de raison de paniquer.

Finalement, nous atteignîmes la route principale, non loin de chez nos cousins. Les voitures circulaient à double sens à toute allure, mais il nous fallait quand même traverser la route pour atteindre l'autre ruelle. Papa Roger nous donna le signal, et nous courûmes pour rejoindre le trottoir d'en face. Les phares des voitures à quelques mètres constituaient un signal plus qu'évident de l'imminence du danger. Mais, nous réussîmes à gagner l'autre rue.

Désormais en terrain connu, nous aperçûmes le réparateur à la sauvette de télévisions et le vendeur de poissons de moins en moins frais. Sur la fin du trajet, je courais plus que je ne marchais, terrorisée d'être encore dehors en pleine nuit, alors que le bon sens voulait qu'il ne faille pas sortir après sept heures du soir à Brazzaville. Je rejoignis la maison avec soulagement, comme à l'abri de tout danger. Je m'affalai sur un fauteuil, le souffle court, encore toute émoustillée. Je vous le disais, pas de raison de paniquer.

Papa Roger nous expliqua alors qu'il entendait avoir une conversation les jours prochains avec Ya Bertrand, concernant la propriété. Nous partîmes nous coucher, fatigués par la marche.

Quand les voix du village Brazzaville firent courir le bruit que la famille N'Guiambo rentrait au pays, après plus de vingt ans d'exil, Ya Bertrand sentit la fin de son doux rêve. Il était déterminé, coûte que coûte, à garder la poule aux œufs d'or. Il se doutait bien que Papa Roger lui réclamerait son bien. Alors, il entreprit une stratégie totalement inverse. Le dos bien droit, la gorge nouée, il se présenta tous les matins, de bonne heure, apporter ananas et pain bien tendre à Papa Roger.

« Alors, comment ça va Tonton aujourd'hui ? »

Il restait quelques instants, puis s'échappait après au travail, plus vraisemblablement pour éviter le sujet brûlant. En bon diplomate, Papa Roger acceptait ses cadeaux. Après quelques jours de rapports cordiaux, Papa Roger aborda intelligemment et délicatement la question de la parcelle. Tout doucement, la discussion s'engagea sur la gestion locative.

C'est alors que je fus sollicitée. Je fis appel à mes lointains souvenirs de droit des contrats pour rédiger un contrat de location, en bonne et due forme. Je m'attelai à rédiger les trois exemplaires de cinq pages chacun, sur des feuilles blanches A4. Plus habituée à l'ordinateur qu'à l'écriture à la main, je mis un temps fou à finaliser mon œuvre. Au bout de deux jours, j'accélérai toutefois la cadence, la réunion devant avoir lieu le lendemain.

En bon homme d'affaire, Papa Roger fixa l'heure de la réunion à dix heures du matin… qui commença à trois heures de l'après-midi, une fois tous les participants réunis. Papa Roger et Maman Hélène discutèrent du contrat avec Ya Bertrand et le directeur de l'école, qui aboutirent à la signature des contrats, sans la moindre conviction que ces derniers seraient respectés.

Quelques jours plus tard, le propriétaire des bancs de l'école vint se plaindre à Papa Roger.

« Papa, le directeur d'école ne m'a pas payé la location des bancs depuis des mois. ».

Papa Roger, quelque peu étonné, se demande en son for intérieur en quoi cela le concernait. Cependant, fort aimable, il suggéra de régler le contentieux en fixant un échéancier pour le paiement.

Le lendemain, le propriétaire des bancs de l'école se présenta de nouveau à la parcelle, un peu plus heureux cette fois. Le directeur de l'école s'était engagé à payer les bancs. Papa Roger murmura sa joie.

Le propriétaire des bancs développait désormais un nouveau projet d'école. Ya Patrick et Papa Roger alias Mère Theresa l'interrogèrent sur le projet. Il s'avéra que tout était loin d'être clair, que ce soit le financement ou la stratégie. J'avais pris soin, pendant tout le séjour, de ne pas intervenir sur les sujets. Je préférais ne rien dire, plutôt que de commettre une maladresse en calquant des réflexions occidentales dans un univers qui manifestement ne s'y prêtait pas du tout.

Mais, je sentis que cet homme allait droit dans le mur. Apparemment, monsieur avait déjà créée sa propre société quelques années auparavant. Le comptable, véreux, avait piqué dans la caisse, et avait sonné la fin de l'entreprise.

Dans ma grande générosité, je me saisis d'un cahier et d'un stylo. Et me voilà embarquée au cœur de Brazzaville dans la rédaction de *business plans* et compte de résultats pour valider la rentabilité du projet. Ensemble, nous déterminâmes les différentes charges et revenus de l'école, pour estimer le besoin en financement de la banque.

« Combien tu veux être payé ? fis-je.

— Ce n'est pas très important, pas trop haut, s'il te plaît » répondit-il dans un souffle.

Au bout de quelques heures, nous finalisâmes les calculs. Le propriétaire des bancs ne cessa de nous remercier, nous suppliant même de rejoindre le projet.

Tonton Yves, ami de longue date de Papa Roger, franco-congolais, gérait plusieurs entreprises à Brazzaville, dont des chantiers. Le chaos régnait également dans le monde des affaires, si bien que l'exécution d'une simple tâche pouvait tourner au cauchemar, si elle n'était pas suivie de près. Il s'arrachait les cheveux avec ses ouvriers. Exténué, il s'improvisait tour à tour chef de chantier, contremaître, Papa, Tonton.

« Papa, on n'a plus de ciment. »

« Papa, il manque Joël et Ronald aujourd'hui, on ne pourra pas avancer. »

A longueur de journée.

« Ici, tout prend du temps » siffla-t-il, alors qu'il achetait pour plusieurs milliers de francs CFA des matériaux de construction.

L'entreprenariat constituait l'une des rares voies de secours. Avec un taux de chômage à quatre-vingts pour cent, la vie professionnelle du Congolais moyen ressemble à une longue suite de petits boulots et de période d'inactivité. Pour ceux qui ont la chance de travailler, les congés maladie ou les vacances, les assurances et les mutuelles font partie d'un mythe. Même travailler dans la fonction publique relevait du parcours du combattant. Ya Chancel, un ancien étudiant en Russie, et désormais professeur de russe à l'Université, nous expliqua comment il n'avait pas été payé depuis six mois, les caisses de l'Etat étant désormais vides. Cela ne l'empêchait pas de se rendre tous les jours à l'Université, la cravate serrée, les chaussures vernies et la mallette gonflée de cours, pour transmettre son savoir, coûte que coûte. A côté, le combat des cheminots de la SNCF paraissait dérisoire.

Seule la Chine avait compris, pour le moment, le potentiel économique immense de l'Afrique. Lentement, mais sûrement, les Chinois plaçaient leurs petites billes en Afrique. Nous rencontrâmes dans les rues plusieurs Chinois. Très prévoyants, ils s'exprimaient dans un lingala parfait, pour mener à bien leurs transactions commerciales. Ils avaient même reconstruit l'aéroport de Maya-Maya Brazzaville – leur aéroport - un magnifique bâtiment au design ultra moderne.

Des hauts et des bas

Maman Hélène s'inquiétait grandement. Son frère, Oncle Flavien, voyageait depuis Owando, une ville du nord du pays, jusqu'à Brazzaville, depuis trois jours, en car et à pied. Son téléphone n'émettait plus. Les rumeurs brazzavilloises parvinrent finalement jusqu'aux oreilles de Maman Hélène. Oncle Flavien venait d'arriver en ville, chez ses deux filles. Elles vivaient chez *Koko*[16], la femme du défunt oncle paternel de Papa Roger. Un déjeuner fut organisé chez *Koko*, et nous voilà en route, dans le taxi, direction Ouenzé.

Habituée au confort de la maison de Talangaï, la température baissa d'un coup lorsque nous pénétrâmes dans la parcelle. La porte d'entrée en tôle, fixée par deux gonds presque dévissés, grinça sous nos mains. Nous vîmes trois maisonnettes construites en matériel de fortune. Le sol en terre battue brûlait à nos pieds. Les gravats, les bouts de ferraille et les déchets s'entassaient dans la propriété. La parcelle abritait également un marchand, qui abreuvait les habitants de boissons alcoolisées, avec la bière locale, la *Nyok*, comme pour tromper l'ennui.

---

[16] « Grand-mère » en lingala

Nous saluâmes les habitantes des lieux, les deux filles d'Oncle Flavien – nos cousines, Flavie et Sandrine, la propriétaire des lieux, *Koko* et les enfants. Flavie, la plus jeune, portait également le prénom de Matou, comme moi, l'autre prénom de Grand-Mère Thérèse, la mère de Maman Hélène et Oncle Flavien. Très élancée, elle s'exprimait dans un mélange de lingala et de français. L'espace d'une après-midi, les deux Matou étaient réunies en un seul et même lieu, tel un étrange miroir de la descendance de Grand-Mère Thérèse. Tout un chacun riait des quiproquos et confusions autour des deux Matou. L'aînée, plus discrète, Sandrine, déjà maman de trois enfants à vingt-huit ans, préparait le repas, son fils de trois ans tournant dangereusement autour des couteaux, avide de jouer avec elle, malgré tout. Oncle Flavien n'était pas encore arrivé. Nous nous frayâmes un chemin au milieu des vêtements suspendus dans la cour pour installer les chaises en bois sur le sol inégal.

Nous nous apprêtâmes à rencontrer cet oncle totalement inconnu. Mi- excitée, mi- anxieuse, j'imaginais déjà leurs retrouvailles avec Maman Hélène, après vingt ans de séparation. Est-ce qu'ils tomberaient dans les bras l'un de l'autre ? Est-ce qu'ils éclateraient en sanglot ?

Rien de tout cela. Oncle Flavien apparut brusquement dans la cour. Il se contenta de nous serrer vaguement la main. Il s'assit tout en silence à côté de nous. Sa grande silhouette et son calme légendaire me rappelaient mon frère Steves. Longiligne et svelte, sa stature m'impressionnait. Très élégant, il nous fixait d'un regard impénétrable.

Sa vie de pêcheur n'était pas de tout repos. Il partait de longues semaines à la pêche, dans un camp, laissant femme et enfants au village. Il était alors injoignable, sans couverture mobile. Maman Hélène se faisait alors un sang d'encre, pendant ces périodes sans nouvelle. Il faillit même être emporté par une pneumonie, quelques mois auparavant. Fort heureusement, Maman Hélène lui avait envoyé de l'argent pour qu'il aille se faire soigner à l'hôpital le plus proche.

Il raconta en quelques mots comment il n'avait pas pu assister à l'enterrement de sa mère, Grand-Mère Thérèse, en raison de problèmes de moyens de communication. Niché dans son camp de pêcheurs, il lui fallut plusieurs jours pour rejoindre le village, bien après l'enterrement.

« Essala eloko te. »[17] .

Il rassura Maman Hélène, qui ne put se recueillir sur la tombe de Grand-Mère Thérèse, que bien des années plus tard.

Maman Hélène avait traduit une partie de la discussion. Elle avait sûrement gardé jalousement quelques secrets de famille.

---

[17] « Tu n'as pas à t'en vouloir. » en lingala.

Nos hôtes, bien que fort généreux, vivaient dans la misère la plus extrême. Maman Hélène, malheureusement victime d'un virus intestinal, dut se rendre urgemment aux toilettes, ou plutôt, un trou béant derrière le cabanon. Elle revint le visage livide, un témoignage suffisamment éloquent sur l'état des toilettes.

A ce moment-là, un monsieur, un col blanc comme on dit, glissa discrètement mais fermement une lettre à l'attention de la propriétaire des lieux, *Koko*. Cette femme, plutôt âgée, ne savait probablement pas lire. Papa Roger se saisit aussitôt de la lettre. Il était question de couper l'eau en raison d'une facture impayée de trente mille francs CFA. Je me tortillais honteusement sur ma chaise, mon argent tintant allègrement dans ma poche. Et puis, sans réfléchir, dans un mouvement collectif, nous payâmes d'un trait la facture, l'équivalent de quarante euros. Un problème de réglé. Mais, pour combien de temps ?

Le repas fut servi. Nous nous rendîmes dans le cabanon sans électricité. Les habitants retiraient tendrement leurs tongs avant d'entrer dans les maisons. Les femmes ne cessaient inlassablement de balayer le sol de sable et de terre battue mélangé aux déchets, pour obtenir un joli carré de terre tout propre. Le vent et les habitants de la parcelle souillaient de nouveau la terre quelques minutes plus tard. Mais, qu'importe, les femmes continuaient, plusieurs fois par jour, à balayer un sol qui ne serait de toute façon jamais propre, mais avec toute la dignité dont elles étaient capables.

Les murs délavés, fissurés, rongés par l'eau soutenaient péniblement la maisonnette au toit de tôle. Quelques lambeaux de papier peint décoloré pendaient de temps à autre. Des casseroles et autre bric-à-brac s'amoncelaient dans le séjour. Quelques vestiges de modernité, telle qu'une chaîne hi-fi hors service, ponctuaient la pièce. Une ampoule sans lumière pendait solitairement au plafond. Nous nous empressâmes de rentrer les chaises dans la petite maison, à l'espace déjà exigu. Nous formâmes un demi-cercle avec les quelques chaises, libérant un espace au centre. Un lit massif, au matelas défoncé et aux draps déchirés, complétait l'ensemble. Je m'assis sur le lit, qui menaçait de s'écrouler sous mon poids, quelques lattes claquant au passage. Les autres disparurent dans la pénombre de la pièce, attendant poliment d'être servis.

La jeune Flavie, encore lycéenne, se glissa dans la petite pièce sombre, qui lui faisait office de chambre. Elle ressortit avec quelques cahiers d'écolier aux pages déchirées et noircies, pour montrer ses résultats scolaires à sa sœur aînée, Sandrine. Le cahier comportait de nombreuses ratures rouges, issu d'un stylo d'un professeur, épuisé de corriger les copies des quatre-vingts élèves que comptaient sa classe. Je me demandais, en mon for intérieur, comment Flavie pouvait étudier convenablement dans de telles conditions.

Nous passâmes à table. Une petite bassine d'eau circula afin que nous puissions nous laver les mains. Oui, cette même eau du ruisseau où les bouteilles en plastique, les cannettes, les déchets et les sachets pourrissaient tranquillement. Qu'importe, je me lavais énergiquement les mains, comme convaincue de véritablement me les purifier.

Nous nous partageâmes à sept la ration d'une personne de manioc[18] et de poisson. Pendant tout le séjour, j'avais multiplié les excuses pour éviter le manioc, substance que je ne supportais pas, car mon palais n'était pas habitué. Cette fois-ci, malgré moi, on m'imposa un gros morceau, que je dus terminer, par politesse. Mets national par excellence, au même titre que le bœuf bourguignon ou le foie gras en France, le manioc faisait partie intégrante de la gastronomie congolaise. Je pris donc une grande inspiration, consciente de la valeur du manioc. Je mâchouillais lentement la substance luisante et caoutchouteuse, prise de haut-le-cœur, les larmes aux yeux. J'avais perdu depuis longtemps le fil de la conversation. Nos hôtes pouvaient passer plusieurs jours sans manger, pas question de laisser des restes. Je finis avec soulagement mon manioc, en bonne dernière. J'attaquais le poisson, qui fut en revanche, délicieux. Je

---

[18] Aliment traditionnel du Congo, à base de racines.

vis une souris courir sur la table, et je perdis aussitôt l'appétit. Je terminais toutefois mon assiette.

« Oui, c'était très bon ! » nous nous enthousiasmâmes en cœur.

Papa Roger, Maman Hélène et Oncle Flavien passèrent un après-midi délicieux, à se raconter les anecdotes du village. Hilare, Koko ne cessait de rire aux éclats. Ya Daisy et moi-même fûmes particulièrement silencieuses, les échanges eurent lieu uniquement en lingala ou en kuyu.

Nous ressortîmes dans la cour, pour profiter à nouveau du soleil. Les enfants couraient en tous sens. Ils se servaient de brindilles ou de cannettes en guise de jouets. Une petite fille portait sur son dos une cannette, à l'aide de sa main. Elle fléchit ses petites jambes et noua avec un foulard la cannette dans son dos. Elle imitait sa maman avec son bébé sur le dos. Je ne sais pas si Pierre Bourdieu en rédigeant sa théorie sur la reproduction des classes sociales avait pensé au Congo-Brazzaville, ni même s'il connaissait ce pays. Mais, je fus frappée de voir comment les enfants prenaient inéluctablement la même trajectoire sociale que leurs parents. Quelques exceptions, comme Papa Roger et Maman Hélène issus des milieux miséreux du village de Manga, avaient pu casser cette destinée.

Les enfants rentraient et ressortaient des parcelles, sans être surveillés par les mamans, trop occupés à tenir à bout de bras le foyer, en l'absence des papas. Ils s'aventuraient dans la rue, sous mon regard inquiet d'Occidentale, venant du pays de l'enfant-roi. Livrés à eux-mêmes, ils avaient déjà compris le danger de la rue, comme les voitures. Parfois, les petits disparaissaient de longues minutes dans la rue, avant de revenir. Tout de même, j'étais fort angoissée à l'idée qu'un adulte malveillant puisse enlever ou agresser très facilement ces enfants innocents. A Brazzaville, tout le monde se débrouille, les petits, comme les grands.

Sous le soleil brillant, nous sirotâmes nos jus dans la cour, tout en surveillant d'un œil discret les enfants. Daniella était la fille de l'une des locatrices. Sa maman, une femme-enfant, souriait toujours, bon cœur mauvaise fortune. Elle gagnait misérablement sa vie en tant que coiffeuse. Elle courait en tous sens, passant de longues heures à tresser des petites nattes aux femmes, n'ayant que trop peu de temps à accorder à sa fille, au père fantôme.

La petite Daniella, un joli bébé de deux ans aux joues rebondies, secouait ses petites jambes, vêtue d'un body rose tout plein de terre, seule au milieu de la cour. Je m'assis à côté d'elle et je lui appris à écrire son prénom dans la terre battue avec une brindille, à défaut d'ardoise et de craie. Sa petite main tremblante saisit alors la mienne et elle leva vers moi ses grands yeux, comme subjuguée d'avoir autant d'attention pour elle, aux portes du boulevard du savoir.

Combien y a-t-il de Daniella dans le monde ? Ces petites filles qui ne connaîtront que les parcelles des bidonvilles ? Et même si je sauvais Daniella d'une vie de galère certaine, que deviendraient les autres ? Alors je la laissais là, à la contempler, à l'imaginer mourir jeune d'une maladie quelconque ou à trimer à élever six ou sept enfants issus de son petit corps d'adolescente. Car, je savais que moi-même, j'étais une ex-Daniella. J'étais juste passée de l'autre côté.

Comprendre

Ou essayer de comprendre.

Je ne prétends nullement juger ou même analyser le Congo-Brazzaville, ayant, finalement, des connaissances très limitées sur son économie ou son histoire. J'apporte modestement, ma petite pierre à l'édifice.

Paradoxalement, les terres congolaises regorgent de richesses naturelles, tel que le bois ou les réserves pétrolières au large. Avec la plage de sable fin à Pointe-Noire et la forêt tropicale peuplée de gorilles, de singes et de crocodiles, le Congo-Brazzaville pourrait même prétendre à devenir une destination touristique comme le Kenya voisin. Hélas, les habitants ne profitaient guère de cette manne financière potentielle.

Finie cette période des années 1960-1970 où le Congo-Brazzaville formait la jeunesse africaine dans ses terres ou à l'étranger, pour devenir des intellectuels ou des scientifiques de renom. Le pays connut une longue et lente descente aux enfers, alimentée par le surendettement et l'épidémie du SIDA. La guerre de 1997 continua d'amorcer cette chute.

Secrète, mal documentée, presque anonyme, la guerre civile du Congo-Brazzaville éclata dans les années 1990, au croisement de revendications politiques et ethniques.

Comme un air de déjà-vu, les chars et autres véhicules militaires envahirent rapidement les quartiers résidentiels. Les soldats en treillis, équipés d'armes lourdes, les bottes serrées, marchaient aux pas de charge dans les rues, autrefois animées par la jeunesse dansante, les petits écoliers et les mères de famille. Aux mains des pillards et des bandits, la vie à Brazzaville devint si dangereuse, que ses habitants cherchèrent à fuir, coûte que coûte. Tuant des milliers de personnes, sous les jets de grenades ou à la machette, dans l'indifférence générale, le pays en sortit extrêmement traumatisé. Sujet sensible, voire tabou, nos quelques rencontres s'épanchèrent toutefois sur le thème, de leur propre initiative.

Ya Nadège, sœur de Ya Patrick, petite-fille de Mamie Emilienne, nous expliqua comment sa famille avait fui à la campagne. Elle dut convaincre deux de ses cousins récalcitrants de s'échapper.

« Nous, on n'a pas peur, on est des hommes. »

Leur discours changea considérablement quand les obus commencèrent à défigurer la ville et que les balles sifflèrent aux oreilles. Ya Nadège donna d'ailleurs naissance à son premier enfant, en exil, en pareilles circonstances. La maison dans laquelle nous habitions pendant notre séjour, avait été touchée par les tirs des milices. Des impacts de balle dans les murs témoignaient encore de ce passé.

Quant à Tantine Fabienne, le regard embué, elle nous racontait comment son mari, Tonton Jean-Pierre, avait récupéré leur fille Julie, en toute hâte, à l'internat. Les tranchées des combats sillonnaient alors leur quartier. Ils fuirent précipitamment, laissant derrière eux leur maison et leurs affaires, pour le Congo-Kinshasa. Ils traversèrent le fleuve Congo sur une pirogue qui menaçait à chaque instant de chavirer. Les cadavres des premières victimes de la guerre flottaient à leur côté. Durant toute la traversée, dans un silence assourdissant, ils prièrent à chaque instant pour le salut de leur vie. Ils restèrent, fort heureusement, chez de la famille à Kinshasa, vivant à distance, avec effroi, les événements qui déchiraient leur patrie.

D'autres s'entassaient dans les campagnes ou fuyaient vers le Gabon, où la famine les guettait, l'aide humanitaire arrivant timidement, vers ce conflit trop peu connu du monde entier.

Lorsque Papa Roger retourna au pays en 2001, la guerre avait laissé des stigmates. Des coups de feu résonnaient encore dans les rues. Le pays se remit progressivement de ce drame. Mais, il peinait à se rétablir complètement. Après tout, la mort avait été pour beaucoup si proche, que la vie ne tenait plus qu'à un fil. Comme ces logements de fortune, bâtis en toute hâte sur les ruines des champs de bataille et les restes humains.

Panser à vif une plaie non cicatrisée.

Et continuer.

Papa Roger

Ce jour-là, nous nous réveillâmes plus tôt que d'habitude. Nous devions aller déjeuner chez des amis des parents. Ils devaient venir nous récupérer en voiture à Talangaï, chez nos cousins.

Je fus un peu anxieuse à l'idée de manquer le réveil, n'étant pas très matinale. Un œil sur l'heure toute la nuit, je me levai d'un bond. Je me hâtai de prendre une douche et de manger. Je fis un dernier tour de la chambre pour voir si je n'avais rien oublié. J'enfilai mes chaussures. A dix heures précises, j'étais fin prête pour le rendez-vous.

Bien évidemment, les amis des parents étaient en retard. Qu'importe. Nous patientâmes gentiment dans la cour. Je faisais les cent pas dans le jardin, sous le soleil tapant, errant toujours subtilement entre l'Occident et l'Afrique.

Dans le jardin peuplé d'animaux insolites, j'admirais le beau spectacle qu'inspiraient les longs lézards multicolores, qui se faufilaient dans les fissures des murs ou dans les recoins sombres de la cour. Les hérons, à la robe blanche et lisse, se promenaient dans la cour, leurs longues pattes portant élégamment leurs corps. D'un mouvement fluide, ils s'envolaient d'un coup d'un seul, pour ne devenir plus que de minuscules points au loin. Les poules du voisin s'aventuraient dans le jardin, bien sages, ignorant superbement la notion de propriété si chère à l'Europe, où les simples aboiements d'un chien peuvent déclencher une guerre de voisinage.

La leçon de biologie étant terminée, nous attendions toujours le couple d'amis. Je continuais à tourner en rond, mes doigts pianotant sur mes jambes, dans un début de tic d'impatience. Pour faire passer le temps, notre homonyme, Tonton Hervé N'Guiambo, issu du village du Manga, qui passait très régulièrement nous voir, discutait ardemment avec Papa Roger. J'en profitais pour demander timidement la signification de notre nom de famille - N'Guiambo. En effet, on m'avait souvent interrogée en France, et j'avais été incapable de répondre, telles les pièces manquantes d'un puzzle géant appelé identité...

Tout au long de ma courte existence, je n'avais pas encore eu l'occasion de rencontrer une autre Clarisse N'Guiambo, hélas. Difficile de trouver un homonyme à mon prénom et à mon nom, qui ont été tant - involontairement, je le comprends fort bien – écorchés. La plus douloureuse épreuve de toute mon existence, fut, pour moi, de voir mon nom souligné en rouge brillant sur Microsoft Word, comme un parasite qu'il fallait corriger. Ou bien encore, je ne comptais plus les fois où les formulaires administratifs n'acceptaient pas l'apostrophe.

« Ça ne vous dérange pas, j'espère ? » ne cessait de me demander le personnel administratif.

Fort contrariée, je me délestais donc de l'apostrophe de mon nom pour rentrer dans le moule, tout en ayant le sentiment d'avaler une couleuvre, un grand sourire aux lèvres.

Il est donc temps, je crois, de redonner ses lettres de noblesse à mon nom de famille, fière d'être l'une des descendantes du chef du village de Manga. Maman Hélène interpella Tonton Hervé sur le sujet. Très érudit, il nous expliqua que ce nom désignait quelqu'un d'adroit à un jeu traditionnel du village de Manga. Par extension, ce nom signifiait quelqu'un d'intelligent, de droit et ayant de belles valeurs. Rien que ça ! Un nom magnifique mais lourd à porter… Et Microsoft Word n'a qu'à bien se tenir.

Nous entendîmes le portail rougeâtre grincer. Après de longs instants d'attente, Tonton Yves, l'ami de Papa Roger et de Maman Hélène, entra dans la parcelle. Vêtu d'un costume trois pièces vert criard, de mocassins, de bagues en or aux doigts et de petites lunettes de soleil, il salua chaleureusement toute la famille. Moustachu, à la carrure forte et à la bonne humeur communicative, son rire résonnait dans toute la cour.

Il me serra profondément dans ses bras, m'ayant vue pour la dernière fois il y a près de vingt ans, émerveillé de ne plus voir la petite fille d'antan.

« Je suis content de tous vous voir. *Bisso tolabi biliia kitooko.* [19] » s'exclama-t-il.

Puis, il ôta ses lunettes, et fixa Papa Roger, d'un regard perçant.

« *Hermano, el país ha cambiado, sabes.*[20] » ajouta-t-il, de sa voix profonde.

Nous n'avions aucun lien de parenté avec Tonton Yves. Cependant, l'amitié de quarante ans de Tonton Yves et Papa Roger justifiait l'appellation. Ils s'étaient connus à Brazzaville, puis, ils avaient étudié tous les trois à Cuba, avec Tantine Sylvie, la femme de Tonton Yves.

Etonnement, Cuba et le Congo-Brazzaville avaient tissé des liens étroits au cours des dernières décennies.

Tout remontait aux années 1960.

Le Che Guevara entendait propager la révolution communiste en Afrique. La cigarette au bec, la barbe fournie et, des idéaux pleins la tête, le Che voulait profiter de la toute jeune indépendance obtenue par les pays africains, pour leur faire embrasser la voie du communisme. Au milieu des villageois, à la fois émerveillés et effrayés de recevoir en leurs terres un tel homme, le révolutionnaire marchait d'un pas décidé dans la forêt équatoriale, les feuillages au sol craquant sous ses bottes de militaire. En cette époque post-coloniale, le communisme constituait, aux yeux du Che, une belle

---

[19] « Nous avons préparé un bon repas. » en lingala.
[20] « Le pays a changé, mon frère, tu sais. » en espagnol.

option pour l'Afrique. La foi dans l'avenir, il se tenait debout, fièrement, sur le sol africain, animé par sa mission.

Mais, accompagné seulement d'une poignée d'individus, la révolution tourna vite au cauchemar. Le paludisme gagna les troupes, les pluies tropicales éprouvèrent les organismes et la gastronomie locale fragilisa les estomacs.

Au cœur d'une Afrique en pleine reconstruction, aux confins des dictatures de demain, le Che s'embourba dans un continent dont il avait mal cerné les enjeux, malgré sa volonté intacte de sauver l'Afrique de l'impérialisme. En quelques mois, la tentative de guérilla se transforma en une vaste débandade. Les soldats du Che quittèrent l'Afrique en catastrophe, hantés de n'avoir pu insuffler la magie communiste dans l'Afrique subsaharienne.

Les pays communistes continuèrent tout de même à tendre la main au Congo-Brazzaville, notamment en matière d'éducation. Les meilleurs bacheliers congolais furent envoyés à Cuba, en Ukraine ou en Russie, en pleine Guerre Froide. Depuis, chaque année, des centaines d'étudiants congolais continuent d'affluer dans les ex-terres soviétiques.

Après son baccalauréat, Papa Roger passa donc de longues années à étudier les sciences de l'ingénierie, à Cuba. Armé de quelques mots d'espagnol appris à la va-vite sur les bancs du lycée, il débarqua à la Havane dans les années 1970, fraîchement sorti du Congo. Il y retrouva les jeunes étudiants brillants du Congo, en plein apprentissage de la médecine ou des sciences. Dans un mélange de lingala et d'espagnol, il étudia sur l'île aux mille couleurs, dans les rues animées de voitures à l'ancienne et au son de la salsa cubaine.

Cependant, sa formation achevée, le Congo rappela Papa Roger, comme il se devait. Papa Roger rentra donc à Brazzaville, où il retrouva Maman Hélène, dans le quartier de Poto-Poto[21], sorte d'extension du village de Manga.

« Venir de Poto-Poto imposait du respect. » disait souvent Papa Roger.

Il fallait imaginer le Poto-Poto des années 1970/1980. La coupe afro faisait fureur, et Papa Roger était méconnaissable, la peau sombre et lisse, avec ses pantalons pattes d'éléphant, ses chemises à rayures, ses chaussures compensées et ses favoris. Les chansons du Zaïko Langa Langa, alors à leur apogée, rythmaient tout le quartier.

A Poto-Poto, Papa Roger et Maman Hélène connurent leurs plus belles années, faites de retrouvailles entre amis. Les villageois de Manga avaient importé leurs traditions à la ville, et tout le monde se connaissait, ou se devait de se connaître. Arrachés de leur village par nécessité, se recréer

---

[21] « *La boue.* » en lingala

une famille en ville fut une condition *sine qua non* pour survivre. Pour tenter d'oublier les parents de sang disparus ou restés si loin au village, et appartenir de nouveau à une famille de cœur.

« On n'a jamais manqué de rien. » disait encore Papa Roger.

Mais, cela ne suffisait plus. Près de quarante ans plus tard, Papa Roger nous amena sur le lieu de leur première résidence, sans eau, ni électricité, avec deux enfants en bas âge. Je restai bouche bée devant ce lambeau de terre au milieu des taudis, qu'ils avaient quitté.

Poto-Poto portait bien son nom, et le sol boueux, rocailleux ne représentait pas le plus bel endroit pour élever des enfants. Nous n'osâmes pénétrer dans le cabanon, de nouveau habité. Toutefois, nous vîmes une frêle jeune femme sortir de la maisonnette, un bébé sur le dos, telle une curieuse réplique de Maman Hélène, près de quarante ans auparavant.

Papa Roger et Maman Hélène aspiraient à un avenir meilleur, en tant que jeunes parents, et on ne pouvait pas leur en vouloir. Après de longues périodes de disette dans leur taudis, et avec un maigre salaire, malgré les promesses du gouvernement congolais, Papa Roger n'eut d'autre choix que de quitter le Congo-Brazzaville pour la France, l'ancienne colonie, en compagnie de Maman Hélène.

En 1984, il entama un doctorat en chimie à l'Université de Nancy.

Papa Roger et Maman Hélène connurent ensemble l'un des hivers les plus glaciaux du XXème siècle en France, en guise d'accueil. Les neiges abondantes et le ciel gris de la Lorraine contrastaient fortement avec les rues enjouées de Poto-Poto. A contre-cœur, ils laissèrent derrière eux Ya Bernadette, Mamie « Maman » Emilienne, Tantine Sylvie, Tonton Yves, Tonton Hervé, et tous leurs amis – leur famille à dire vrai – du quartier de leur jeunesse, Poto-Poto, à Brazzaville.

Papa Roger et Maman Hélène gardaient en tête qu'ils devaient bien revenir au pays, après le doctorat. Mais, le provisoire s'installa. Lentement, mais sûrement, ils achevèrent la séparation de ce pays qu'ils chérissaient tant, mais qui les avait fait souffrir malgré eux.

La France, c'est l'avenir.

Et les visages de leurs parents proches, qui disparaissaient un à un, devinrent bientôt plus qu'un lointain souvenir. Les mois se transformèrent en années, et les années en décennies. Entre la vie professionnelle et familiale, les quatre enfants, ainsi que les fins de mois à sec, le Congo-Brazzaville paraissait bien loin.

Dans la France profonde, l'identité congolaise se dilua progressivement au profit de celle très française. Les mots de lingala ou les morceaux de manioc devinrent bien rares.

Oh, bien sûr, la diaspora congolaise apportait toujours un semblant du pays, partout où les parents purent les visiter en France. Mais, avec un goût amer, une odeur de parfum trop vite oubliée.

La consécration vint au début des années 1990, avec l'acquisition de la nationalité française. Le divorce était officialisé. Ils revinrent de temps à autre au pays, à tour de rôle. Mais, le cœur n'y était plus, tant le décalage fut de plus en plus grand dans le pays, ce pays – leur pays- qui les avait vus naître.

Parfois, le téléphone sonnait en France pour apporter les terribles nouvelles d'êtres disparus trop jeunes, emportés par la maladie au pays. Comme un rappel fatidique de tout ce à quoi ils avaient échappé. En plein cœur de la campagne poitevine et de la maison douillette, le + 242[22] ramenait bien trop brutalement aux douloureux souvenirs de longues journées sans manger, aux trajets interminables à pied pour aller à l'école et aux maux trop peu soignés faute d'argent.

Entre ici et là-bas, un choix draconien devait s'effectuer.

« Le cul entre deux chaises. » comme disait Passi, le leader du groupe de musique congolais Bisso Na Bisso.

Ou choisir un pays d'adoption, extrêmement performant en termes d'éducation, de santé et d'économie.

---

[22] Indicateur téléphonique du Congo

Grandir au milieu des lecteurs DVD, des TV écrans plats. Mais, est-on heureux quand on a tout ?

Tonton Yves a traversé ces longues décennies. Il rejoint la France, peu de temps après Papa Roger, en compagnie de sa femme.

La fuite des cerveaux, que voulez-vous. Nos familles avaient toujours conservé des liens très forts, malgré la distance. Voilà pourquoi, Tantine Sylvie se réjouissait de préparer mon gâteau d'anniversaire, en ce jour, à Brazzaville, le 26 juillet 2018. Cette femme au sourire généreux et à la belle chevelure, nous attendait dans sa voiture.

Nous rejoignîmes le 4x4 de Tantine Sylvie, stationné sur le bord de la route. Nous rentrâmes précipitamment dans la voiture, le souffle des véhicules lancés à pleine vitesse encore dans le dos.

Je nous crus partis pour un petit quart d'heure de voiture. Cependant, la voiture devant nous était en panne. Son conducteur et deux de ses acolytes poussaient le véhicule à bras tendus, le sourire aux lèvres, les tongs enfoncés dans le sol boueux.

Tantine Sylvie s'empressa de doubler. Par la suite, elle ne cessa de s'arrêter, à la demande de Tonton Yves. En bon chef de chantier, il s'appliqua à nous faire visiter chacune de ses œuvres. La visite impromptue du patron suscita un peu d'appréhension chez les ouvriers, qui devaient faire un compte-rendu inopiné de la situation. Les pieds dans la boue, nous admirâmes ce qui deviendrait des résidences ou des restaurants.

Nous nous rendîmes à notre destination finale, le quartier de Ouenzé. Les routes ressemblaient plus à des montagnes russes, qu'à autre chose. Un roc de pierre bloqua la route. Excédé, Tonton Yves descendit du véhicule et le jeta sur le côté, et pesta contre un acte de sabotage, de la part des non-automobilistes. Nous repartîmes pour notre périple. Nous traversâmes un marché, dont les clients s'écartèrent de la route d'un pas lent, fortement désintéressés. La vue d'un 4x4 fonçant à toute allure sur eux ne paraissait pas les inquiéter plus que cela.

A chaque coin de rue ou à l'approche d'un passage difficile, Tantine Sylvie klaxonnait pour alerter les potentiels piétons, les pneus de sa voiture souffrant atrocement sur les routes chaotiques. Nous parvînmes finalement au domicile de Tonton Yves et Tantine Sylvie - en entier, et bien vivants.

Baignés dans les rayons du soleil, nous prîmes place sur la terrasse de la maison forte agréable, bien qu'isolée du reste du monde. Quelques décennies auparavant, bien avant l'urbanisation, la forêt gagnait encore cette partie de Brazzaville. Dépassées par l'exode rural galopant, les infrastructures de transport n'avaient pas suivi. En saison des pluies, les routes étaient inondées, rendant impossible toute conduite de voiture.

La table fut bientôt remplie de mets succulents – poisson, poulet, bananes plantain, légumes - préparés par les domestiques. Dans ce petit coin de paradis fort paisible, Tonton Yves et Tantine Sylvie menaient leur vie de retraités, ponctuée par plusieurs activités d'entrepreneurs.

Tonton Yves avait aussi embrassé sa passion cachée depuis quelques années seulement : la musique. Il partagea avec nous ses morceaux de rumba congolaise, en tant qu'auteur-compositeur-interprète. Sa propre voix s'élevait hors de la chaîne hi-fi. Nous acquiesçâmes d'un hochement de tête, particulièrement convaincus par la musicalité et la qualité de ses chansons. Enhardi par le bon public que nous fîmes, il nous gratifia d'une performance en direct, chantant en duo avec lui-même, les yeux mi-clos, d'une voix de tête. Soudain, il se leva et il esquissa une danse savamment étudiée pour l'occasion, avec le coup d'épaule et le déhanché de circonstance. Nous échangeâmes un regard appuyé avec Ya Daisy, pendant que Papa Roger éclatait de rire. Quant à Tantine Sylvie, elle secouait la tête devant les facéties de son mari, peu convaincue par son nouveau plan de carrière.

Nous passâmes une après-midi forte enjouée, autour de mon gâteau, alimenté par les discussions sur le bon vieux temps.

Fêter ses vingt-sept ans au Congo-Brazzaville, ça ne s'oublie pas !

La cour des miracles

« Au voleur ! Au voleur ! *Bossiba moyibi*[23] ! »
s'écrièrent les femmes au marché.

Ya Danellie fut violemment bousculée par l'homme,
tandis que Maman Hélène saisit Ya Daisy pour la mettre
hors de portée du *moyibi*[24]. Les femmes hurlaient à pleins
poumons, contre cet homme qui avait osé s'attaquer à
l'une des leurs. Le chaos régnait, et les femmes de la
maison en furent grandement décontenancées.

La foule informe, animée par un sentiment de
vengeance, de rage, et peut-être de peur, se souleva pour
rattraper le voleur, dans une ultime chasse aux sorcières.
La vindicte populaire grandissait, contre ce jeune qui avait
tenté de voler le sac d'une dame.

Au milieu des entrailles du marché, le voleur était
cerné. Les pagnes colorés s'agitaient pour arrêter
l'individu, qui ne put s'échapper. Les ongles vernis
s'enfoncèrent dans ses bras, les coups commencèrent à
pleuvoir sur lui, pour l'empêcher de nuire à nouveau.

Justice avait été faite. Depuis ce jour, je ne sortais plus
dans les rues de Brazzaville avec un sac à main.

---

[23] « Rattrapez le voleur. » en lingala
[24] « Le voleur. » en lingala

Visiter le Congo-Brazzaville exigea donc une grande prudence de notre part. Finalement, le Congo-Brazzaville n'était pas plus dangereux que les bas-fonds de Londres ou les quartiers chauds de Paris. Nous veillâmes juste à ne pas exposer nos appareils photos hors de prix, par exemple.

Je ne me sentis pas particulièrement en insécurité, de jour, du moins. Mais, je doutais fort qu'en cas d'accident ou d'incendie, les pompiers ou les policiers rappliqueraient sur les lieux immédiatement, étant donné l'état chaotique du réseau routier. Je pense que le 112 sonnait tristement dans le vide au Congo. Armée de ma maigre formation aux premiers secours et d'une trousse à pharmacie dont j'espérais du fond du cœur à ne pas avoir à m'en servir, je savais qu'il ne fallait pas compter sur les pouvoirs publics en cas de malheur. Intensément livrés à nous-mêmes, les téléphones sans réseau, j'expérimentais un profond sentiment d'abandon du système, en mode débrouillardise. Alors, dans la cour des miracles, je déambulais, fascinée de voir l'existence humaine survivre, malgré des conditions tumultueuses.

Nous ne rencontrâmes que très peu de touristes, juste quelques courageux venus se frotter à la rudesse de la vie africaine. Dans un constant repli sur soi, le Congo-Brazzaville n'accueillait que très peu d'Occidentaux – en-dehors des expatriés qui manipulaient avec délicatesse l'or noir aux larges de Pointe-Noire, la seconde ville du pays au bord de la mer.

Sans voiture et avec peu de transports en commun, le taxi vert et blanc s'avéra donc être la meilleure solution pour visiter la ville, à bon marché. Toutefois, les chauffeurs ne firent pas toujours preuve de la plus grande des collaborations. Ils refusaient bien souvent les courses demandées en français. Papa Roger ou Maman Hélène passaient alors au lingala, et les chauffeurs s'arrêtaient finalement, pour écouter la demande jusqu'au bout. Les chauffeurs étaient tentés de nous sur-facturer la course. Ensuite, ils hésitaient à faire de trop grandes distances ou à s'aventurer sur des routes non goudronnées. Un jour, au retour d'un déjeuner à l'extrémité de la ville, nous parvînmes à obtenir un taxi à notre troisième tentative.

« Ah, Maman, tu sais, ça fait trop loin pour moi. » firent plusieurs d'entre eux.

Une autre fois, Ya Patrick eut une discussion particulièrement houleuse avec un chauffeur qui refusait de nous laisser jusqu'à la destination finale. Je rentrai dans la maison, laissant le soin aux hommes de s'échauffer les esprits. Bref, j'avais le sentiment qu'en tant qu'étrangère, il était difficile de circuler, sans la présence d'un local.

Le miracle congolais, c'est aussi conserver un minimum de dignité en toute circonstance. Et en ces contrées, il me parut saisissant de voir comment la thématique de l'eau, si négligée, si minimisée en Europe, nous ramenait à notre condition de simple être humain, tellement fragile physiquement, et dépendant des ressources naturelles.

La maison de nos cousins à Talangaï ne représentait pas le standard des habitations congolaises. Elle ressemblait beaucoup aux maisons occidentales, bien que sur certains points, le Congo la rattrapait – malgré elle. La douche comportait un petit robinet d'eau, d'où sortait un mince filet.

« Et nous n'avons pas d'eau chaude ! » rajouta Ya Mama à notre arrivée, forte inquiète.

Nous balayâmes d'un revers ses préoccupations, et nous adoptâmes sans broncher la petite douche.

Un jour, l'eau ne coula plus. Coupure d'eau. Très habitués (trop habitués), les Congolais utilisaient bien souvent des bassines d'eau de secours. Je tournai le robinet d'eau, qui resta désespérément vide, dans un geste réflexe, peu habituée à ce genre de situation. Fort heureusement, l'eau courante revint le lendemain… jusqu'à la prochaine coupure.

A notre arrivée, nos hôtes nous avaient prévus une dizaine de bouteilles d'eau potable dans nos chambres. J'en fus étonnée au premier abord, n'en voyant pas tout de suite la nécessité. Après quelques jours, nous finîmes toutes les bouteilles d'eau, et naïvement, nous nous efforçâmes d'en acheter des nouvelles, pour renouveler notre stock. Mais, par un malheureux concours de circonstances, nous nous rendîmes au marchand de boissons du coin après huit heures du soir. Ya Daisy et Maman Hélène sortirent de la parcelle avec quelques francs CFA en poche, tandis que Ya Patrick et sa femme étaient de sortie. Epuisée par la journée, j'étais affalée dans le canapé, à regarder la télévision française, en attendant l'eau.

« C'est fermé. »

Je tournai brusquement la tête. Mon cœur tomba comme une pierre dans ma poitrine.

Plus d'eau.

Soudain, je sentis ma bouche s'assécher. Je pensai avec envie à l'eau miroitante, claire et fraîche que je buvais encore, il y a quelques heures. Pour la première fois de ma vie, je me retrouvai sans eau à boire. Avant de partir, j'avais imaginé tous les scenarii, sauf celui-là.

En Europe, je buvais l'eau du robinet, en bouteille ou celle de la fontaine, sans réfléchir à ce geste lourd d'implications.

Les Congolais se contentaient parfois de boire l'eau du robinet, chargée en bactéries et particules, occasionnant de terribles maux de ventre. Les jerricanes sur la tête, les femmes congolaises approvisionnaient leur famille en eau, après avoir parcouru des kilomètres et des kilomètres pour trouver le prochain puit ou la prochaine fontaine.

Papa Roger, toujours en bon scientifique, ne put que constater l'insuffisance d'un système de traitement d'eau et d'infrastructures de transport. Oui, on adore le Congo, ce magnifique pays traversé par l'un des plus grands fleuves au monde, où l'on peut quand même mourir de soif.

Le manque d'eau commençait cruellement à me monter à la tête, on dirait. La langue pendante, la bouche desséchée, je marchais au ralenti dans la maison, cherchant désespérément un fond de bouteille peut-être oubliée, dans un recoin de la maison. En quelques instants, j'eus la confirmation qu'il ne restât pas la moindre goutte d'eau potable.

Très prévoyants, Papa Roger et Maman Hélène avaient ramené depuis la France des pastilles achetées en pharmacie pour purifier l'eau du robinet. Un large sourire aux lèvres, Maman Hélène me proposa de l'eau du robinet traitée, le comprimé effervescent se dissolvait encore dans le verre. Je refusai tout net. Je préférais dormir assoiffée, plutôt que de boire de l'eau chimique. J'ai un drôle esprit de survie, vous devez penser. Nous dûmes donc aller nous coucher tôt, pour éviter de penser à l'eau. Dès le matin, nous pourrions aller en acheter. En attendant, il fallait passer de longues heures à fantasmer, idéaliser, magnifier l'eau. Je m'endormais difficilement, en pleine déshydratation, véritablement étourdie.

Dès le lendemain, les matinaux de la maison avaient acheté de l'eau, de la source Mayo[25]. Je bus d'un trait sec un verre d'eau. L'eau, ce liquide merveilleux et essence de la vie, coulait le long de ma gorge, pour me ressourcer. Mes muscles, mon cerveau et mon cœur puisaient dans l'eau, l'oxygène qui m'avait fait tant défaut ces dernières heures. Je me léchais les papilles, visiblement ravie de cette redécouverte. Je me servis de nouveau un verre d'eau, portée par l'enthousiasme.

Fortement déshydratés, nous commîmes ici une grossière erreur en ne demandant pas de l'aide, tout simplement, aux voisins. Nous fûmes tristement rattrapés par nos habitudes occidentales, où le chacun pour soi primait avant tout dans la difficulté.

Nous dûmes également nous débarrasser de nos smartphones, comme auparavant greffés à nos mains. Un soir, avant d'aller dormir, je fixai d'un regard mon smartphone. Mes doigts pianotèrent sur l'écran de mon portable désormais inutile, sans réseau. Internet ne fonctionnait pas au Congo. Ou plus exactement, les forfaits étaient hors de prix. Au-delà de l'aspect loisir, être connecté constitue un prérequis indispensable pour mener à bien une économie, en contact immédiat avec les clients, les fournisseurs ou les prestataires, un lien de cause à effet évident entre le retard économique et la fracture numérique.

---

[25] Eau naturelle minérale du Congo

Ma génération, les digital natives, ne vit que pour, à l'heure où j'écris ces lignes, Facebook, Instagram ou Snapchat. Se saisir de son Smartphone et envoyer un WhatsApp apparaît comme un geste tellement anodin de nos jours. Aux antipodes, je me souviens encore, de la longue lettre, que Maman Hélène m'avait envoyée depuis le Congo en 1996, qui avait mis un mois à arriver.

Nous visitâmes la poste de Brazzaville, au champ d'action limité aux grandes villes du pays – quand le courrier arrivait. Au moins, il faut reconnaître que, à Brazzaville, les rues étaient bien nommées. Je ne compte plus les colis perdus envoyés au Kenya, chez mon frère Ya Steves, faute de noms de rues à Nairobi.

Cette déconnexion numérique et à l'immédiateté de l'information me fit un bien fou. Je pus redécouvrir les vraies relations humaines faites d'échange, de partage et de solidarité, et non pas les messages vides de sens qui hantent nos réseaux sociaux.

« Alors, racontez-nous un peu l'Europe. Quand on regarde à la télé, ça nous donne tellement envie. »

Croyez-moi, il n'y a pas de quoi nous jalouser. Certes, nos pays occidentaux bénéficient d'infrastructures de santé, de transport et d'éducation hors du commun. Mais, tout le confort matériel du monde ne peut pas remplacer la profondeur de la nature humaine. Je dis à Maman Hélène qu'il n'y avait pas de SDF dans les rues de Brazzaville.

« A quoi ça sert de mendier, personne n'a d'argent ici. » me répondit-elle.

Oui, c'est vrai. Mais aussi, il paraît impensable qu'un membre de la famille dorme dehors. Et, je ne peux pas croire que les mendiants de Paris ou de Luxembourg n'aient aucune famille. Ou du moins, pas une famille au sens africain du terme.

Alors, me direz-vous, côtoyer la misère économique au cœur de l'Afrique devrait donner largement envie de faire des dons ou de rejoindre une association. Mes parents envoyaient très régulièrement depuis la France des vieux vêtements, à l'attention des populations défavorisées du monde entier. Je fus donc consternée de voir que ces mêmes vêtements en provenance de l'Europe – issus de dons - étaient revendus sur les marchés brazzavillois au prix le plus fort. Et dire que nous pensions aider la veuve et l'orphelin…

Je fus agréablement surprise par le respect des aînés à Brazzaville. Papa Roger était considéré de tous comme un sage. Je n'aurais pas été étonnée de lui voir pousser une barbe blanche jusqu'aux pieds, et une auréole flottant au-dessus de sa tête. Par son père, chef du village de Manga, et de son parcours professionnel, il avait gagné le respect de ses pairs.

Ces valeurs de solidarité et de respect constituent les fondements de la société congolaise.

Alors non, il n'y a rien à nous envier en Europe. Les Congolais ont bien plus à nous apporter en tant qu'Européens qu'ils ne le croient.

C'est ça, le miracle congolais.

La boucle est bouclée

C'était déjà la fin du séjour.

Je n'avais pas vu les jours défiler. Je n'arrivais pas à croire que le monde européen puisse encore exister, après tout ce que j'avais vécu ici.

Notre cœur devenait de plus en plus brazzavillois (ou il l'a toujours été ?). Au fur et à mesure que nous préparions les valises, nous clôturions tout doucement la parenthèse congolaise.

Je m'affairais à refermer ma valise, assise de tout mon poids dessus, la tête entre les jambes, en tirant méthodiquement sur la fermeture. Entre les pagnes achetés au marché et les différents cadeaux, je me torturais l'esprit sur comment tout loger dans ma valise, bagage cabine. Je donnais finalement l'excédent à Maman Hélène, et sa valise XXL, soulagée. Lorsque la penderie fut vidée, les draps enlevés, le sol balayé, je fus légèrement mélancolique. Il fallait rentrer à la maison. L'autre maison, vous voyez.

Papa Roger ne se préoccupait pas le moindre du monde des préparatifs. Au contraire, il avait entamé une sorte de tournée d'adieu, qui avait démarré dès sept heures du matin. Et comme Charles Aznavour ne cessait de lancer chaque année sa dernière série de concerts avant sa retraite, pour recommencer l'année suivante - avant de passer de vie à trépas - Papa Roger ne paraissait pas près de décoller de son siège.

Dans la mesure où nous devions partir à l'aéroport pour quinze heures de l'après-midi, les visiteurs se succédèrent toute la matinée pour nous dire au revoir : Tonton Yves, Ya Bernadette, Ya Chancel, Ya Mama, Ya Clémence, Vianney…

Chacun avait fait l'effort de venir personnellement nous dire au revoir à la maison de Talangaï, et la cour se transforma en un joli lieu de rencontres impromptues.

Papa Roger ne préparait absolument pas sa valise, et était toujours en grande conversation avec les visiteurs. Pire encore, on avait le sentiment qu'il n'avait pas l'intention de partir. Maman Hélène, fort contrariée, l'incita à préparer ses affaires. Il consentit à nous rejoindre pour le déjeuner, épuisé, puis il finit sa valise.

Nous échangeâmes quelques mots avec Mamie « Maman » Emilienne. Elle serra fort nos mains, ses grands yeux tournés vers nous, bien triste de nous voir partir, tel un « au revoir » en forme d'adieu.

Pour continuer notre opération de transformation, nous adoptâmes de nouveau les tenues occidentales. Je remis la main sur mon portefeuille, mes billets d'avion, mes clés, enfouis au fin fond de la penderie, pour me connecter de nouveau à ma vie européenne.

Puis, nous sortîmes, les valises fines prêtes. Nous serrâmes bien fort dans nos bras Ya Patrick, Ya Danellie, la petite Eliora, et les nombreux visiteurs amis, famille, voisins, venus de près ou de loin pour nous dire au revoir. Ils affichaient un air triste de nous voir partir, mais aussi très fiers que nous ayons fait le déplacement de si loin.

Quant à moi, j'avais vraiment hâte de rentrer en Europe, exténuée par le pays, mais déchirée de devoir me séparer de ces êtres si adorables, et à l'hospitalité sans limite.

Le taxi partait en trombe pour l'aéroport, et nos hôtes ne formaient déjà plus que de petits points au loin. Le pays me manquait déjà. Jusqu'au bout, Ya Patrick nous accompagna à l'aéroport et s'assura que nous passions l'enregistrement sans encombre.

« On ne sait jamais. » dit-il sombrement.

Après quelques longues heures d'attente, où la fatigue nous gagnait de plus en plus, nous rentrâmes dans l'avion. Puis, nous décollâmes pour nous éloigner de nouveau de notre terre patrie, en exil de raison.

J'ouvris le menu Air France pour le dîner : « Bananes Plantain / Bœuf ou *Saka Saka* / Poisson ».

Je souris intérieurement.

La parenthèse

De retour à Luxembourg, je humais l'air frais, à pleins poumons. L'odeur âcre de la pollution de Brazzaville, remplie probablement de substances addictives, me procurait un sentiment de manque.

Dans le taxi, de la gare de Luxembourg à chez moi, j'attachai de nouveau la ceinture de sécurité, comme surprise de me souvenir de ce détail un brin européen. J'admirai le paysage clair, les poubelles rangées et l'absence d'eaux usagées. Je fus subjuguée par la propreté de la rue et le confort des autoroutes. Les jeunes filles chantaient à tue-tête les dernières chansons pop à la mode, dont le son s'élevait de leurs I-Phones, et les garçons faisaient du skate-board sur le parvis de la gare.

Ici, la vie n'avait pas changé d'un pouce. Je n'étais partie que deux semaines, mais j'eus l'impression que cela représentait une éternité. Je montai dans le premier taxi de la file.

« Alors, vous êtes partie où, Madame ? » me demanda le chauffeur de taxi portugais.

Je serrais mon sac contre moi, et regardais les paysages de bâtiments, de ponts et de maisons défiler devant moi. Les pensées se bousculaient dans ma tête, que je ne savais pas par où commencer. Déjà arrivée chez moi, je donnai quelques euros au chauffeur de taxi pour la course.

Je retrouvai, non sans un certain ravissement, ma petite voiture et mon appartement.

Gagnée par un mal de tête douloureux, secouée par des crampes à l'estomac, les yeux rouges de fatigue marqués par des nuits sans dormir et amaigrie de cinq kilos, j'eus le sentiment d'être cassée de partout, au bord de l'évanouissement. Je me fixai dans le miroir, toujours la même de l'extérieur, après tout. Je fus convaincue de porter dans mes cheveux et sur mon corps, toute la pollution de Brazzaville. Je songeais qu'il me faudrait au moins cinq douches d'affilée pour venir à bout des particules de poussière, qui s'étaient logées partout. Je continuais de marcher dans l'appartement d'un pas mécanique, pour vérifier que rien ne manquait, tel un zombie, pas encore totalement reconnectée à ma vie européenne.

Je laissai ma valise dans un coin de ma chambre, et je m'étalai sur mon lit, de tout mon long, terrassée par la fatigue, perdue entre le Luxembourg et le Congo. Je sombrai dans un sommeil lourd, pour tenter de récupérer (ou pas ?) du voyage de toute une vie.

Mais, comme disait Papa Roger :

« L'arbre ne peut grandir sans racine. »

Remerciements

Un grand merci à toutes les personnes, famille, amis, proches, qui ont participé de près ou de loin à ce projet, et qui se reconnaîtront.

Un grand merci à ma sœur, Maryse N'Guiambo, pour le dessin de la couverture, ainsi qu'à toute ma famille pour leur soutien indéfectible.

Merci infiniment pour votre temps, votre écoute et votre patience.

Un grand merci à nos hôtes brazzavillois qui nous ont accueillis avec une bonté sans limite durant ces quelques jours.

Vive le Congo.

Vive l'Afrique.